万金帳

2020 April – September 第1集

牧野伊三夫
石田千

港の人

目次扉

4月、5月

6月

7月

8月

9月

装画／絵 牧野伊三夫

4月、5月

牧野伊三夫から
石田千さんへ

庭に物干しをたてた日に

家の庭に棒を立てて物干しをつくっていると、千さんからメールがきていた。用件は、ウェブ上で書簡のやりとりの連載をしないかというおさそい。これまで何度か彼女の書く文章に僕が挿絵を描いて新聞や雑誌の連載をしたり、会えば一緒に銭湯へ行ったりする親しい間柄ではあった。でも、これは無理である。普段、手紙を書くときでさえ、何度も破り捨てて書きなおすのだ。まして小説家相手に、と思っただけでいやな汗が出てきた。それに、手紙をウェブで公開するなど、恥ずかしい。そんな時間があるならば、僕はアトリエにこもって絵を描くべきである。うむ……。とはいえ、何と言って断ろう……。

「おさそいうれしく思いますが、目下、過去の画業を振り返りつつ、集中的な制作を行っているところで──」

いやいや。なにもそこまで重々しい断り方をすることはないではないか。こんな返事をしてしまうと、千さんのことだから、気にしてお詫びの手紙やら菓子の詰め合わせやら送ってよこすかもしれない。それは、まずい。どう返事をしたらよいかわからず、僕はひとまず物干しづくりに戻った。

さて、横に渡す長い竹竿をどうやって支柱に固定すべきか。朝から作業をはじめて、すでにニラとじゃがいもを植えていた畑を平らに整地して、防虫防水の塗料を塗った丸い材木を立てるところまで終えていた。その材木に洗濯を干すための竹竿を固定するのだが、紐で縛りつける方法がもっとも手軽である。しかし、それでは見た目もよくないし、風雨にさらされているうちに紐が劣化してしまうだろう。もう少しうまい方法がないかとずっと考えていたのであるが、最終的に、ノミを用いたりの大工仕事に挑戦することにした。

そもそも往復書簡のおさそいのきっかけは、共通の友人である映画館支配人が、疫病流行で困っているから、助けてあげましょうという千さんからのメールだった。国から外出を控えるよう指示が出て、多くの人が自宅で過ごしているときだった。僕はその返信に、家で過ごすのに役立ててほしいと、いくつか旬の素材を使った自慢の料理のレシピをつけ加えて返信していた。彼女からは、今夜は近所の魚屋でカレイを買ったのでそれを塩焼きにして食べるけれど、明日さっそく作ってみる、といった返事がきた。他愛のないメールのやりとりだったが、千さんは、こんなのんきな対話を友人にも見せると励ましになるかもしれないと思ったらしい。

千さんは、風呂に入っているときに、この書簡のやりとりについて思いついたという。

塗料は、キシラデコール(パリサンダ)を七度、
重ね塗りしたが、さて、雨風にさらされて何年
もつだろうか……。

庭の物干し

二〇二〇年四月
伊三夫

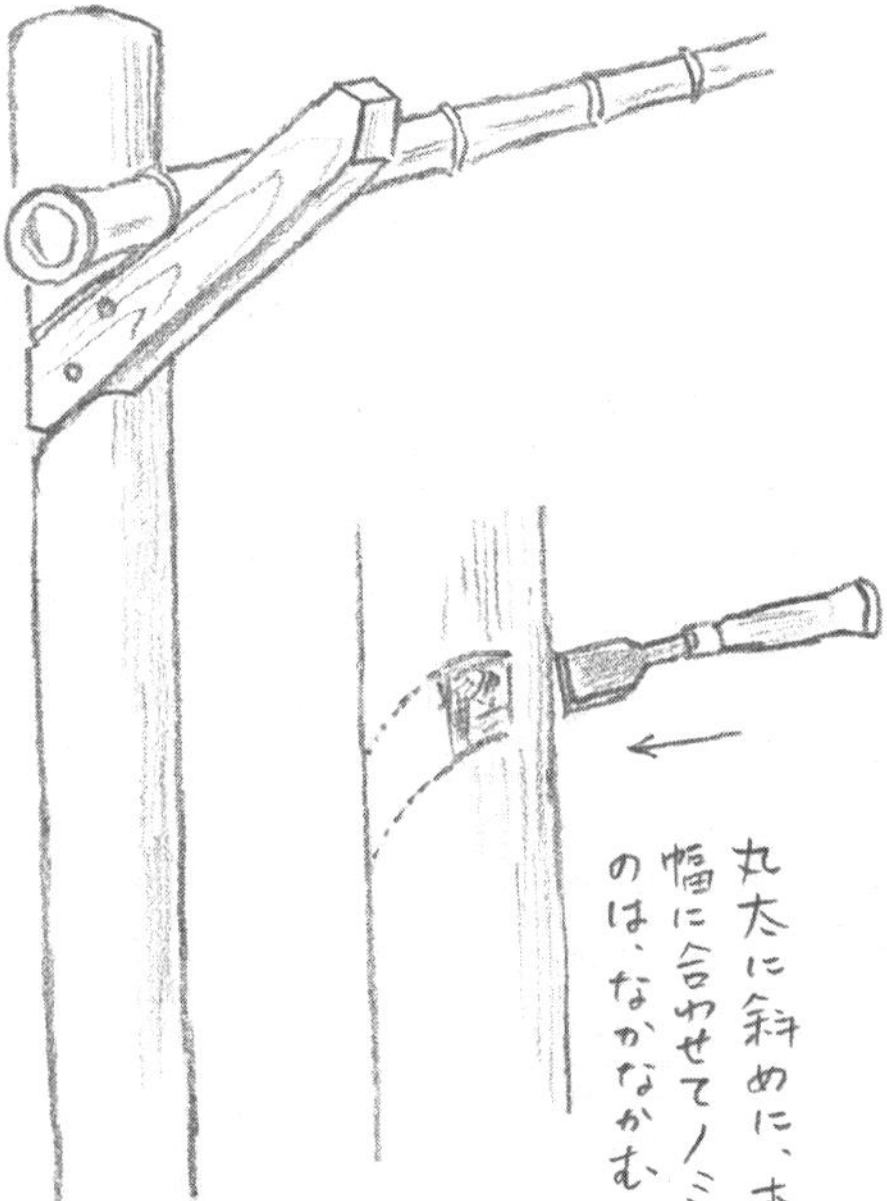

丸太に斜めに、枘の
幅に合わせてノミを入れる
のは、なかなかむずかしい

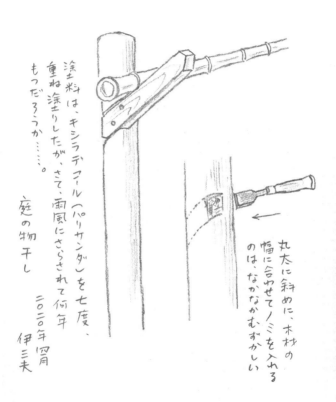

僕も湯舟にゆっくり体を沈めているときに、ボンヤリと画想を練ったり、懐かしい記憶をたどってみたりするから、よくわかる。彼女も同じなんだな。気持ちよさそうに湯につかり、思いついてニンマリしている顔を思い浮かべていたら、やってみるかという気になってきた。とはいえ、やはり手紙のやりとりは無理である。千さんに電話をかけ、手紙ではなく絵日記のようなものでもよいか。もしかしたら、文章は一行しか書けないかもしれないと相談してみたところ、かまわないという。まァ風呂につかって思いついたことなら、たのしいであろう。

（4月29日水曜日）

付記

友人の支配人は原茂樹君といい、大分県日田市で「リベルテ」という映画館をやっています。ボーリング場の上にある町の小さな映画館ですが、新作だけでなく昔の名画をかけたり、ローカルな映画をかけたりするとてもいい映画館です。この時期、全国の映画館と同じく危機的状況に陥っており、将来いつでも使える入場券の発売をしています。もしよかったら、ご購入ください。

石田千から
牧野伊三夫さんへ

ベランダ、6時45分

ラジオ体操をして、ベランダに出た。

鳥がにぎやかで、うれしい。昨年の夏、オフィス街から越して、からすを見なくなった。いつも遊びにきていたカア太郎は、気のいいからすで、賢かった。どうしているかな。

ベランダからは、おとなりの庭がのぞける。

葉桜がざわめき、つつじは見ごろ。あか、しろ、赤紫、それぞれ貼絵のような面となり、ことし初見のあげは蝶が、迷わず飛んでいった。

五月初日の天気予報は、真夏日とのこと。朝はまだひいやりした風がある。部屋のましたには、棕櫚が立っていて、ざばらざばらと葉を鳴らす。きいていたら、南の島の旅を思い出した。

島を案内してくれたのは、野球帽のおじさんと、ちいさな馬だった。馬には乗れません。おじさんがいう。馬のほうも、同行者の一員とすましている。観光案内所から、ぶらぶら三十分、史跡と染物の工房を見学した。さいごに神社で旅の安全を祈り、記念撮影をした。

……それでは、いまから、この島の唄をうたいます。

おじさんは、野球帽をとって鳥居におじぎをして、うたいはじめた。

それはたしかに、この島を代表する有名な唄だった。けれど、目をとじてうたうおじさんの、心眼の景色があまりにすばらしいので、旋律はおおきく波うち、小節のようなかぼそい柱はみごとになぎ倒され、生涯ただいちどの唄になる。馬をみると慣れていて、それがあたりまえと、ビクターのワンちゃんみたいにおとなしい。

唄がおわり、拍手をしながら泣けてこまった。すばらしいすばらしいというと、おじさんは野球帽をかぶって、しゃんと立つ。馬はすぐに、さあ帰ろう。じぶんで向きをかえた。

思い出し笑いまでくると、足もとがまだうすら寒い。ばらばら葉が揺れて、きいろく色づく花が見えた。日ごと、きいろく熟れていく。バナナのように食べられたらいいのに。毛むくじゃらの樹皮は、縄やほうきや、たわしになる。

幼稚園の庭に、たくさんの木が植えてあった。それぞれ名札がついていて、先生は庭のまんなかにみんなを集めて、ツツジはどこですかとたずねる。子どもたちは、それと散らばって、その花のもとへ駆けつけた。

マリーゴールドが得意で、いちばんに駆けた。しゃがむと、つんとした香り、クリップみたいなちいさなバッタがいた。

ここの足もとにも、マリーゴールドがある。おとといの晩、花やさんのまえにならんでいた。明日から休業のため、ご自由におもちください。千葉の生産者さんが、たいせつに育ててくださいました。貼紙をみて、ふたついただいてきた。

オレンジと、きいろ。根がつまって、どんどん咲きそう。こまったのは、植木鉢がない。ひとまず、ペットボトルの底にたくさん穴をあけて、深く土をいれて植えかえた。

牧野さんなら、どうしますか。

ざばざばら馬とおじさん棕櫚の花　　金町

（5月1日金曜日）

牧野伊三夫から
石田千さんへ

カラスノエンドウ

たぶん僕だったら、木の板で細長い鉢を作って植えるだろう。そんなことを考えていて、ふと、昔、カップラーメンの発売が始まった頃、食べおわったあとのカップを、捨てられずに植木鉢にしていた人がいたのを思い出した。あの当時の日本人は、まだ使い捨てなどという文化になじんでいなかった。カップ麺のカップやらペットボトル、牛乳パックなどの植木鉢が並んだ花壇もいいな。

玉川上水を上流の沈砂場のところまで歩く。ここは上流の羽村で取水した多摩川の水のごみや砂を取り除いて、小川方面と四ッ谷方面へと分水する施設だ。東京都水道局が管理していて、巨大な電動のザルのついた水門や、ゴミを運び出すベルトコンベア、砂を沈めるための長い水槽などがあって高い柵で囲まれているが、早朝だったからか、まだ稼働していなかった。僕は柵の傍に立って、大きな歯車が回転して枯葉や空き缶などのゴミをすくいあげる様子をしばらく想像していた。こういう人間が考えた機械というものに、いつも感心してしまう。これらの機械の部品はすべて設計図にもとづいて作られる特注品だろ

カラスノエンドウ
二〇二〇年四月二十六日
伊三夫

う。ひとつひとつ型を作って鉄を流し込んだり、溶接したりした部品が組み合わされてようやくこのような設備ができたのだということに思いを馳せてみる。設計者は、自分が考えた通りに機械が動いた瞬間、さぞや感動したと思う。

その沈砂場の近くに、一ヶ月ほど前にスケッチをした場所がある。ベンチに腰かけて、まだ昇ってきたばかりの太陽に照らされたごみ焼却場の巨大な煙突と空にたなびく煙、クヌギの林へと続く緑道の風景を描いたのである。そこへ行ってみると、ベンチで老人が散歩の途中にひと休みしていた。

家への帰り道、団地のそばの草むらにカラスノエンドウが群生していたので摘んで帰る。郷里の九州では「ピーピーマメ」と呼んでいたが、子供の頃は、葉の間になる小さな豆の鞘で笛を作ってよく遊んだ。最近、食べられると知って、先のほんの十センチばかりの柔らかいところを塩ゆでして、細かく刻んでめしにまぶしたりする。たまに、こうした野草を食べるのは体にいいらしい。市場で売られている野菜にはない、ほんのりとあまい香りがして、フキノトウやタラノメのような山菜のアクの強さもない。うまいといえばうまいが、人からうまいのかと聞かれたら、よくわからないと答えてしまうような味である。

（5月6日水曜日）

石田千から
牧野伊三夫さんへ

坂道、15時50分

火曜日と金曜日、ごみの日にあわせて出ている。

きょうは、薬局で処方薬をもらう、銀行で送金と支払い、買い出し。上着のポケットに、買いもののメモをいれて、おおきな手さげを肩にかけて、非常階段をぐるぐるおりる。アパートで、いちばん見はらしがいいので、とちゅうでたちどまって、いろんな窓や屋根をながめていると、のぼってくるひとに気づいて、とちゅうの階の廊下にひっこむ。階段も登山道とおなじ、のぼり優先。

階段をおりながら、またハイジのおじいさんを思う。アルムおじいさんは、アルプスの山小屋からおりて、ふもとの村で買い出しをする。冬の日は、ハイジを毛布にくるんで、そりに乗せ、しゃーっとおりていく。

村のひとは、おりるとちゅうにあるペーターの家に声をかけ、買いものを頼まれてあげたりすることを知らない。偏屈なこわいおじいさんがおりてきたと、遠まきに、ひそひそいう。寡黙で、ゆったり確実に働くアルムおじいさんをきょうの師として、町におりていった。

それにしても、ひとり暮らしで、こんなに食べていたとはびっくりする。牛乳1リットルと卵6個は、同時になくなる。じゃがいもとにんじん、長ねぎと玉ねぎも、生姜とにんにく、紅茶とほうじ茶も同時に切れる。こんな周期を、いままで気づかず暮らしていた。同時の組を見つけて、重くなりすぎないように、火曜日と金曜日にふりわける。火曜日は肉、金曜日は魚、とうふは両日。

薬局をすませて、銀行にむかって坂をおりる。はなみずきは終わりかけ、ジャスミンが咲きはじめた。うちのちいさなジャスミンも、けさひとつ、しろい花がひらいた。昨夜はみごとな満月で、フラワームーンと呼ぶそうで、植物はほんとうに律儀な時計に生きている。

ひとつさきの信号をわたって、髪のみじかい女のひとがのぼってくるのがみえた。すてきなイアリングをしている。マスクをしてもおしゃれなひとはいるなあと見たら、マナブくんのお母さん、半年ぶりにお会いできた、マスクに帽子で気づかれない。それで、両腕をあげて思いきりふった。

気づいて、目をまるくされている。うれしいうれしいと、もう三歩近づいたら、ちがう方だった。

なんとまあ、ひとちがい。失礼しました。

声にださず、思いきり頭をさげる。こんどはお相手のほうが、かまわぬかまわぬと両の手をふってくださった。アルムおじいさんもすっとんで、汗をかいた。信号を待つあいだ、けやきが涼しい。

帰りは、おおきな袋をかついで、さっきとはちがう坂を帰る。えっちらおっちら、アルムおじいさんも荷物を背負い、そりをひっぱりのぼった。

ぼくらはみんな、いきている。いきているから、食べるんだ。ぼくらはみんな、いきている。いきているから、重いんだ。

かえ歌をはげみにのぼっていると、坂のうえの信号から、さっきの女のひとが、こちらにおりてくる。同時に気がついて、くしゃっと笑ってくださった。ちがう道を帰ろう。きっと、ふたりおなじことを考えた。

さきほどは、頭をさげる。いえいえ。またみぎの手をひらひらとふって、さっさとおりていかれた。

息をきらして部屋までのぼると、きれいな夕焼けがはじまる。買ってきたものをならべる。牧野さんに案をいただいて、カップヌードルも買った。

子どものころ、社宅から信号ふたつめのタクシー会社のまえに、カップヌー

ドルの自動販売機があって、ときどき土曜日の昼、母が買いにいっていいよと
いった。いつつ離れた兄と、信号ふたつ、まっすぐ駆けた。
　機械に小銭をいれると、カップが落ちてきて、お湯がそそがれる。お湯がと
まったら、カップをとりだし、プラスチックのフォークをもらって、しずしず
と帰る。とちゅうで波うって、あちちと立ちどまっては、持ちかえて、また進
む。兄はじょうずに持って、すたすたと先をいく。家に帰って、手を洗って、
いただきますと手をあわせるころには、すっかりお湯を吸って、やっこくなっ
ている。それで、お湯をまたたして食べた。のびてうすめたカップヌードルほ
どおいしいものはない。
　ふつうのと、カレー味を買った。食べたら、底に穴をあけて、マリーゴール
ドを植える。そして、好物のぶたまんを冷凍庫にしまう。
　さっき笑いながらすれちがった女のひとの、うしろすがた。しろいリュック
サック、おまんじゅうみたいに、まんまるぱんぱんだった。

うつむけばからすのえんどうまたのぼる　　金町

（5月7日金曜日）

牧野伊三夫から
石田千さんへ

花のはなし

玉川上水の雑木林から立川通りへ出て、そこから細い路地に入ると、高いバラの生垣に囲まれた家がある。赤、白、ピンクの花びらが家を二階まで隠している。窓も壁も見えない。その家の向いにはラブホテルが建っていて、入口に「お泊り六二〇〇円、休憩四五〇〇円」と料金が表示されている。彩やかな色のバラの花たちは、ホテルを利用する恋人たちの愛の営みに一役買っているかのようである。しかし、実は家の主が、ホテルの利用客たちと目を合わせたくないためにこしらえた生垣なのかもしれない。

千さんはカップヌードルを植木鉢にしたらしいが、カップの底に水抜きの穴を空けただろうか。そういえば、僕も、空になったヘチマコロンの容器を花瓶にしている。ずいぶん昔に、よく通っていた国分寺の名曲喫茶「でんえん」で、洗面器を半分に切ったランプシェードや一升瓶で作ったシャンデリアを見て、真似てみたのだ。その頃はまだ美術学校を卒業したばかりで、学んだばかりの知識に頭が占拠されていたから、「これぞ価値の転換だ。ダダイズムではないか」と、ずいぶん大げさに感動していた。数えてみるともう

カモミール
二〇二〇年
伊三夫

二十三年も前のことである。長らく使っているうちに生活になじんできて、何度も引っ越しをしたがずっと手放さずにいる。厠の窓辺に下げているが、いまは線香花火のような小さな白い花を咲かせたツゲの小枝を活けている。

最近、庭に植えたカモミールが、日暮れると花びらをとじ、朝、太陽がのぼるといっせいにひらくということを知った。黄色いもこもこのまわりに白い花びらのあるマーガレットに似た花だが、ある朝起きて庭へ出てみると急に花びらがなくなっていて、どうしたのかなと思いながら散歩へ出て戻ってきたら、また咲いていた。そして翌朝、また、花びらが消えていた。不思議に思ってよく見てみると、鳥が羽根をとじるように白い花びらを下げてたたんでいるのだった。きっと、朝太陽がのぼってくると自分で、「おーい、朝だ、花びらをあげろ」と号令をかけているのであろう。

（5月13日水曜日）

石田千から
牧野伊三夫さんへ

食器棚、13時03分

夏日がつづくようになって、ぎくしゃくしている。九州うまれの牧野さんは、いきいきしていて、うらやましい。

東北うまれのせいか、寒いときのほうが、しゃんとしている。春から夏の終わりまでは、たいていはかどらない。

このところ、花の便りがつづいています。うちのベランダも、マリーゴールド、ジャスミン、オリーブ、名まえのわからないきいろい花と、開花宣言がつづいている。ミント、パセリ、ディルの葉も、もさもさと増えた。

……牧野さんは、ばらがきらいなんだってさ。

しろいばらに水をやりながらそういったら、またたくまに、こなごなに散った。この鉢は、4月からみっつの花をつけた。いちばんさいしょに開いて、いちばん長く咲いていてくれた。ご苦労さまでした。花びらをあつめて、捨てた。

朝食をすませて、ラブホの思い出をあれこれたどり皿を洗い、つるっとコップを割った。手を洗いすぎて荒れるので、ゴム手袋をするようになった。ずいぶんまえの暑い夏、大阪のお店で買った。気に入って、みっつかったけど、座りが悪く、まえのアパートでふたつ割っていて、さいごのひとつだった。散ったばらは、もどらない。割れたガラスは、あぶない。破片を新聞紙でくるんで、捨てた。透明なガラスは、あとくされなく消えてくれる。

実家に帰ると、欠けた湯のみが折れ針入れになっていたり、柄のもげたマグカップが入歯洗い用になっていたりする。ひとさまは、きっと眉をしかめるけれど、両親のそういう性分を愛して育ったので、欠けたらボンドでくっつけたり、やすりをかける。割れたら、もっと割って、鉢植えの底に敷く。

土ものは、情が濃い。木なら、さらなり。机のうえにある朱塗りのお盆は、大学の友人の結婚祝いのお返し。新婚旅行に能登にいって、送ってくれた。そのひとの娘さんは、もう大学生。欠けも割れもしないで、まことにめでたい。

気がかりがひとつ、食器棚のなかにある。日田で買った蕎麦ちょこの、ふちを欠いた。こげ茶の無地で、ぽってりとこぶりで、使い勝手がいい。なっとう、おひたし、いちごアイス。みんな、よくうつる。ふたつあるうちのひとつが欠けて、破片はあって、いっしょにしてある。口をつけることはしないから、削るべきか、くっつけるべきか、まだ決まらない。

晴天がつづくと、洗濯ものがよく乾く。ひとも、からっと活気づいて、とじこもっていても用事が増える。決めない決まらないことが積もって、ぎくしゃくする。追いつかなくなって、花にやつあたりをする。かわいて、はしゃいで、あせって、いらだつ。焦燥というのは、なんとよくできたことばと思う。明日は雨なので、すこしらくになる。

日田にいくと、まっすぐけんちゃんうどんを食べて、シネマテーク・リベルテに荷物を置かせてもらって、散歩する。原さんに教えていただいた器のお店にいくのを、たのしみにしている。おみやげにいろいろ買うと、鳩の箸置きをおまけしてくださる。ころんとかわいい箸置きも、みっつに増えた。リベルテの待合室は、本やTシャツやCDやそうめん、たのしい売店になっていて、食器もある。そばちょこは、そこで買った。

東京に帰ってきて、器のお店でひとりで選んだものと、リベルテで買ったものをならべる。旅行者の買いものは、土地の特徴的な技法とか、かたちとか、頭でっかちできょろきょろしている。リベルテで見つけたものは、いちど原さんが選んでいるので、日田のひとの、日田の時間が、ゆっくりそのまんま。それで、日田の器と思いだすこともなく、毎日使っていた。

つぎからは、器のお店でも、だんなさんと奥さんに選んでいただいたものを買おうと思っている。

ラブホの思い出は、いろいろあるけど、こんどにする。

世の夏や舌打ちちちち疳の虫　　金町

（5月15日金曜日）

牧野伊三夫から
石田千さんへ

植物のこころ

玉川上水に散歩へ出ると、エゴの木が花を落として根元のところの地面が白くなっていた。早朝の、まだ低く弱い日差しのなかで、そこだけぼんやりと幻想的に輝いている。下方に向いて咲く花は、見あげると空から降ってくるようだ。エゴの木は、美しく咲いたその花をおしみなく落とす。

しばらく歩くと桑の木があって、緑の葉の間に赤や黒のつぶつぶの実を風に揺らしていた。その実がいくつかアスファルトの道に転がっていたので、新しそうなのを拾って息をふきかけ、口に入れてみる。まだ十分に熟れていなくて酸味がたっている。本当はもっと甘いはずだと思いながら、別のところにある桑の木を見にいくと、こちらはまだ薄緑色をしていて、熟れていなかった。桑の実を食べると、僕はいつも頭のなかに「赤とんぼ」のメロディがかかる。「山の畑の桑の実を　小籠につんだはまぼろしか——」。声に出して歌いそうになったが、なんとなくその旋律は朝に相応しくないように思ってやめる。

このごろの散歩の楽しみは、去年できたばかりの歩道と車道の間にあるコンクリートの細い縁石の上を歩くこと。にぶっている平衡感覚を鍛えているつもり。平均台に見立てて、両手をハの字にひろげてバランスをとりながら歩いていると、その傍を女子高生などが目を合わさないように足早に通り過ぎていく。五十も半ばを過ぎたおじさんがこんなことをやっているのは気味が悪いのだろう。まァ、なんとでも思いたまえ。おじさんは、こんなことでも愉快なのだ。

千さんの家のバラが、僕のせいで散ったらしい。申し訳ないことをしたな。本当かなと思ったが、ありえることだ。以前、ゴムの木の葉をカミソリで切った人が、しばらくしてその木に近づくと、木に流して測定していた電流が突如乱れるという実験を見たことがある。植物には記憶する能力や感情があるのだ。だから僕は家にある二つのサボテンに「おはよう」とか、「ただいま」とか声をかける。もちろん、犬がしっぽをふるようにトゲを揺らしたりはしないが、なんとなくよろこんでいるような気がする。植物との対話は森の精霊と心を通わすときのように、テレパシーでやるのだ。花びらを落としてしまうとは、きっと育て主の千さんに似て繊細なのだろう。

そういえば昔、南米ペルーのボリビアとの国境近くのアレキーパという町の中国料理店で、サボテンを食べたことがあった。輪切りにして油で炒め、醤油で味付けしたものだったが、ニガウリのチャンプルのようでうまかった。アンデス山中のその町は、建物も道路

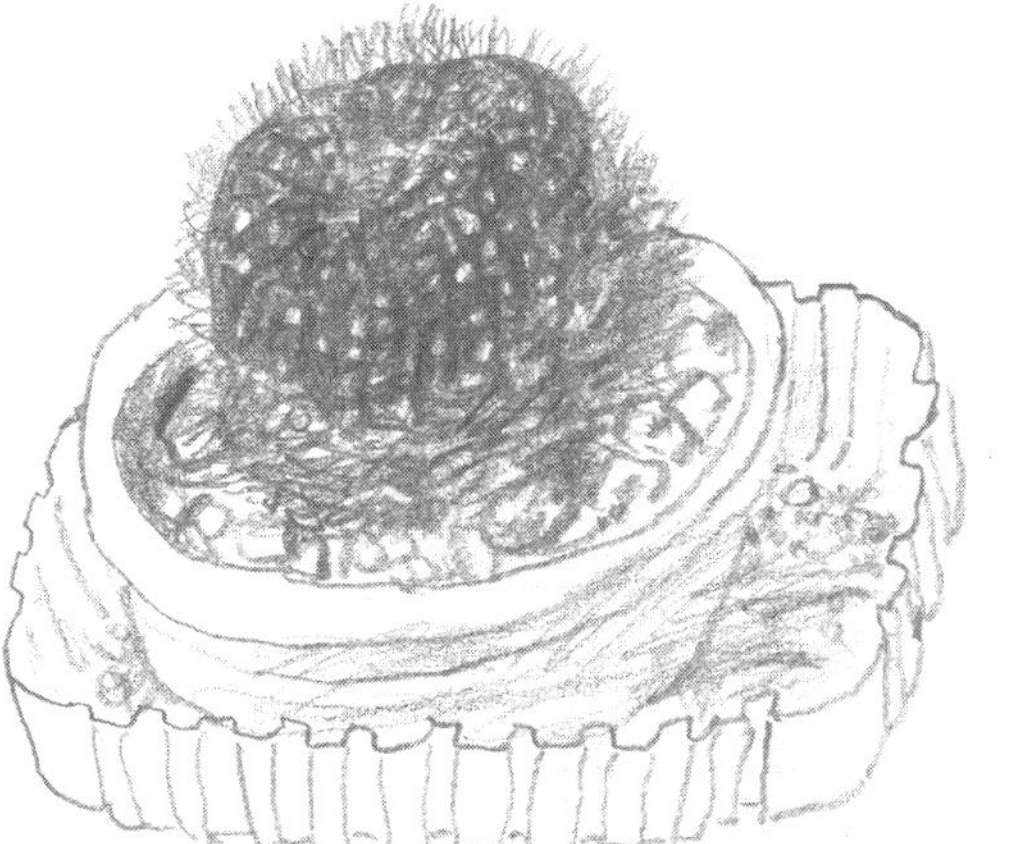

豆腐パック皿
とサボテンの
鉢。
三年前に
花が咲いた。
二〇二〇年
五月十九日
伊三夫

もすべて山から切りだした白い石で作られており、町全体が白く光っていた。まぶしくて歩いていると干からびそうなほどであったが、岩山をのぼっていくとその中国料理店があった。ペルーに到着してからずっと、バサバサしたまずいパンばかり食べていたから、醬油味のおかずとめしがうれしかった。腹もへっていたので、よく味わいもせず、ただむしゃむしゃと食べたが、食べながら、中国人というのは世界中どのような僻地であろうと、中華鍋ひとつあればこうして料理をつくってたくましく生きていけるのだなと感心したことを覚えている。思えばあのサボテンも収穫されるとき、「これまでか」と悲鳴をあげたに違いない。

（5月20日水曜日）

石田千から
牧野伊三夫さんへ

スーパーマーケット、10時20分

五月もなかばというのに、とっくりのセーターを着て、おでんをつついたりしている。雨の降りそうな朝は、買い出し日和。お店に、お客さんがすくない。坂をおりて、横断歩道が見えてくる。道路にそって、横ならびに待つひと八人。すこしはなれて待つひと、ふたり。

手まえには、円形の花壇がある。きれいに植えてあるのに、道をふさぐようにあるから、ごみがたくさん放ってある。まんなかに、ひょんとアマリリスが出ていた。火曜日は、気づかなかった。

みんなからずっと遅れて、わたる。耳のなかから、たて笛がきこえてくる。タリラリラリラ、しらべはアマリリス。

ぴーひゃら吹いていたけど、歌詞も作者も知らない。どなたか、ご存じでしたら、おしえてください。とちゅうから短調に転じると、音がたりなかったり、半音が吹けなくて、とちゅうでやめた。

嵐山光三郎さんの事務所で働いていたとき、毎年アマリリスの球根を送ってくださるかたがいらした。水栽培できるように、プラスチックの鉢もついていて、水をとりかえているだけで、ふとい茎がぐんぐんのびて、派手な花をたくさん咲かせた。

嵐山さんは、ときどき事務所に泊まられて、書斎で、明け方まで小説を書かれた。

朝10時に出社すると、応接テーブルのうえに、その日締め切りの原稿が、きちんとした字で、ぴしっとそろえて置いてある。ひと晩に、30枚も書かれていた。もっと書かれたときもある。

お昼ごろ、書斎から出てこられて、お茶をのんで、たばこを吸われて、そういうときに、ひなたの窓辺にアマリリスは開いた。

……きれいだなあ。

たばこの煙と光がまざる。アマリリスは、嵐山さんのためだけに咲いた。

嵐山さんの親友の安西水丸さんに、アマリリスというご著書がある。刺激的な小説集で、表紙に、うすあおの水彩画が咲いていていた。

いろいろ思い出して歩くと、やわらかな膜に守られて、安心していられる。

ここのスーパーマーケットは、開店直後と、14時ごろがすいているとのこと。朝いちばんには、年配のかたが多い。すこし背のまるい女のひとが、くろいショッピングカートをひっぱりながらまえをいく。

かごに、バナナがはいっている。うちのお母さんも、こうやって買い出しをしているんだな。そう思ったら、ソーセージをつかみながら、泣けてこまった。

5月の連休は帰れず、父の3回忌と祖母の13回忌も中止になった。夏休みもむずかしいかもしれない。ホームシックで泣くなんて、はたちで親もとを離れていらい。あのときは、もう四人家族で住むこともないのだなと、大学の屋上で、らっぱを吹きながら泣いた。まだメールもないから、母とずいぶん手紙をやりとりして、励まされていた。

電話をすると、元気に活動している。いま倒れてはいられないからと、バランスのよい食事とスクワットなどをして、まえより元気になったといっている。辰年のうまれの気丈が、ありがたい。

母は、いいことがあったり、間一髪で助かったようなとき、ワタシニハ、カミサマ、ツイテイル。呪文のようにいう。祖母と父の生きていた子どものころからきいていたから、母のカミサマは、戦死した祖父と思う。

夕方になると電話して、晩のおかずを報告しあって、その日が暮れる。

教わって、くりかえし作るようになったのは、小松菜の焼きそば。

新聞か雑誌の記事で試したとのことで、小松菜を炒め、焼きそばをいれる。

また炒めて、あわせておいたオイスターソース、酒、おさとう、水すこしをじゃっといれて、水気をとばして焼きつける。

菜っぱをたくさん食べられる。母は、これだけでは栄養がたりないから、しらすをいれるといっていた。しらすでもたりない気がして、目玉焼きをつけて食べている。

きょうは、おさけを買う。卵も買う。

おさけは、安西水丸さんのお好きだった、新潟の〆張鶴にする。

赤坂のとおい窓辺のアマリリス　　金町

（5月22日金曜日）

牧野伊三夫から
石田千さんへ

庭のいちじく

へんな夢をみる。

千さんから、コロナウィルスの感染が終息したら、ごはんを八十回よく噛んで食べろと連絡があった。てっきり、僕の体の状態を心配して、ゆっくりと以前の暮らしに戻るようにと気づかってくれたのかと思ったが、そうではなかった。千さんは家で口噛み酒を作っていて、ただ噛んだ米が必要だったのである。そして、なぜか僕の隣には、港の人の上野さんがいて、一緒にごはんを噛むべきだろうかと戸惑っていた。するとそこへ突然、千さんがやってきて、意地悪そうな笑みを浮かべてこう言った。

「へっへっへ。私、見つけちゃった。上野さんのご著書。ペンネームで二冊書いていらっしゃるわね。」

その二冊の本を千さんがとり出すと、上野さんはひどくうろたえて青ざめ、隠すつもりはなかったと言い訳のようなことを言っていた。そのうちの一冊を手にとってめくってみると、なんとその本は、僕の郷里の北九州市の観光案内ガイドなのだった。それで、今度

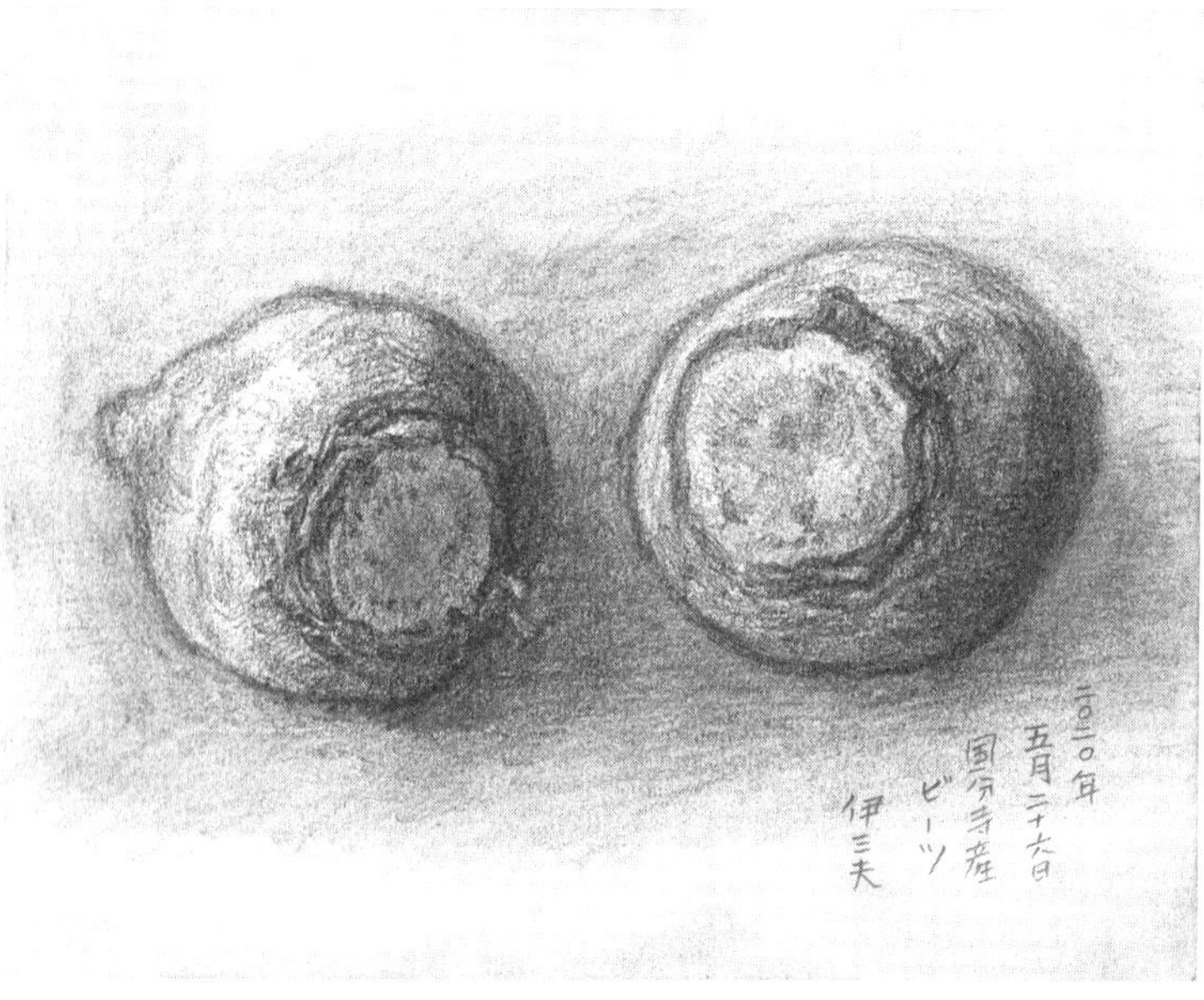
二〇二〇年
五月二十六日
国分寺産
ビーツ
伊三夫

は僕が上野さんに向って、水臭いではないか、どうして教えてくれなかったのかと言うと、上野さんはいつものように頭をかきながら、実はちょっと住んでいたことがあってね、と照れていた。

本当に、へんな夢だった。目が覚めてどうしてこんな夢をみたのかと考えて、どうやら最近、圧力鍋を購入して玄米を炊くようになって、米をよく嚙むようになったことが原因かもしれないと思い到った。

このところ毎朝、窓辺の椅子に腰かけて、庭のいちじくの木の成長を定点観測するのが日課になっている。夏が近づいて、まるで草花のように先端の青い茎と葉をぐんぐんのばしているのだ。一日数センチという早さである。つい二週間ほど前に、庭の柵よりも高くなったかと思っていたら、隣家のブロック塀の高さを越え、さらにまだのびるいきおいである。こうなったら、そのずっと上にある外灯のところまでのびてほしいと思う。なぜかといえば、夜、部屋の明りを暗くして、ビールを飲んでいると、庭先にあるその外灯が白い光を放って、やけにまぶしいのである。

（5月27日水曜日）

石田千から
牧野伊三夫さんへ

流し、15時38分

いじわるおばさんより、おはようございます。

さっきシーツを干していたら、聖者の行進がきこえてきた。縦笛の、抑揚のないおとなしい行進は、天のサッチモに届いたかな。まちがえずにいちど吹いて、それきりだった。階下のどこかに子どもがいて、ときどき贈りものが届く。このあいだは、しゃぼん玉がのぼってきた。

植木に水やりをすると、鉢ごとに個性がある。おなじ土で植えて、おなじ時間に水やりをしているのに、すぐからからになるものと、まだまだ大丈夫というものがある。いつのまにか、地表に苔を敷くもの、いろんな草をはやすもの、反対にほかの草の侵入をいっさい許さないものもいる。

いちばん水をのむのは、友だちのちーちゃんにもらった観葉植物で、むずかしい名まえの書いてあった札をなくしてからは、ちーちゃんの木と呼んでいる。たっぷり水をやっても、三時にはからっとしている。この木をくれたちーちゃんも、よく水をのむ。ビールを頼むとき、かならずお水もくださいという。もともと酒豪のうえ、お水と交互に、じょうずにおさけを飲むから、酔わない。牧野さんの助言でカップヌードルに植えたマリーゴールドは、まだ周囲をうかがっている。つぼみは、たくさんついている。カップヌードルは、鉢としてはちいさかったので、ひと株をふたつにわけた。

鉢は、床にならべたり、鉢カバーにのせて、手すりにひっかけている。手すりのほうは、すこし傾いでいて、水をやるときは、ひょいとまっすぐにしてそそぐ。

毎朝そうやって、ひょいとやるたび、少女漫画のキスシーンを思う。背の高い、足の長い青年が、うつむく少女のあごをくいともちあげて、チューをするんだ。

いちども機会がなかったけど。壁ドンが話題になったけど、あごクイもあったけど。

小学校まで、クラスでいちばんおおきかった。中学にいっても、女子でいちばんはつづいた。クラス会に出かけたら、男の子たちが、おまえを見下ろす日がきたのだと喜んでいた。それでもみんな、見あげるほどは、伸びてなかった。

いちばん伸びていたときは、168あった。去年の身体検査は166で、2センチ縮んだ。

午前中は、日田の原さんから、小鹿田焼の蕎麦ちょこが届いた。おいしいパンと、めずらしいもち麦、なによりリベルテの三人からのお手紙がうれしかった。午後は、なつかしい学生時代の友人から、ゴム手袋が届いた。それで、この連載の扉についているハートマークと数字の4は、読んでくださったひとの人数とわかった。うれしく、恐縮した。ありがとう。

友人の手紙には、これなら割らずにすむよと書いてあった。さっそく、あかい手袋をはめて、蕎麦ちょこを洗った。

薄手で、お湯の温度がよく伝わって、ゴムの感触は遠い。たしかに、滑らない。それでも、すぐに、なかにお湯がはいっちゃったなあ。手首に輪ゴムをはめて使えばいいかと、洗って、ゆすいで、お湯をとめた。

そうして、手袋をはずして、びっくりした。手には、一滴の水もついていなかった。

いままで使っていた黄いろのゴム手袋のは、ポルトガルのバスターミナルのワンコインショップで買った。ずいぶん使わずにいたから、だめになっていたのか、もとからあのくらいだったか、わからない。

届いた手袋は、国産だった。毎年酉の市で、巨大な熊手を買っている、おおきな会社のものだった。ずっと、コンドームの会社と思ってきた。感触のリアリズムは、手袋にもいきていて、それは家庭の水仕事だけではなく、医療のための必要と、思いいたる。

世のなかを自由に歩けるようになったら、この手袋を開発されたかたや、製造所をおたずねしてみたい。

コンドームまでたどりついたので、つぎはかならず、ラブホテルについて書くこと。

原さんの蕎麦ちょこは、木曜日から使う。その日に、52になる。

誕生日は、歯科検診をして、歯ブラシを買うのが恒例だった。それから、いったことのないひとのコンサートに、ひとりで出かける。いままでは、八代亜紀、小林旭、夏川りみと古謝美佐子、新沼謙治、なぜか日本の歌い手ばかりいった。

ことしは、デビュー20周年の山内惠介のコンサートに行きたかった。福岡糸島出身の、演歌の貴公子。冬枯れのビオラをラジオできいていらい、耳にすると手をとめてきく。物語の見える歌いかたをするひとは、すくない。ユーミンや松田聖子に通じる才能と思っている。

日田よりの荷物届いて麦の秋　　金町

（5月29日金曜日）

6月

牧野伊三夫から
石田千さんへ

雪の下

皇居のお堀端から見えるコンドームのビル、あれは立派だ。このやりとりをはじめることになって、僕はそんなに書くこともないから、毎日の食事の話題ばかりになるのかと思っていたが植物のことをよく書く。家にこもっていると、じっと動かぬ植物に親近感をおぼえるのかもしれない。今日は、雪の下について。

玄関先に植えた雪の下が、しばらくすると、するすると竿のようなものを空に向かってのばしはじめ、やがてその先に花をつけた。花には小さな白い手ぬぐいのような花びらが二枚下がっていて、それがひらひら風にゆれている。よく見ると、根元から赤く細い管のようなものが地表すれすれに長く伸びていて、その先に蜆貝のような小さな葉をつけていた。走出枝《そうしゅっし》という先端に子株をつくって繁殖するためのものらしい。天ぷらにして食べようと植えたのだが、思いがけなくその生態を知ることになった。僕はこれまで、蕗のように丸い葉を増やして成長していくのかと思っていた。

走出枝を見て、子供の頃に見た月面の宇宙基地のことを思い出した。それは母屋から細

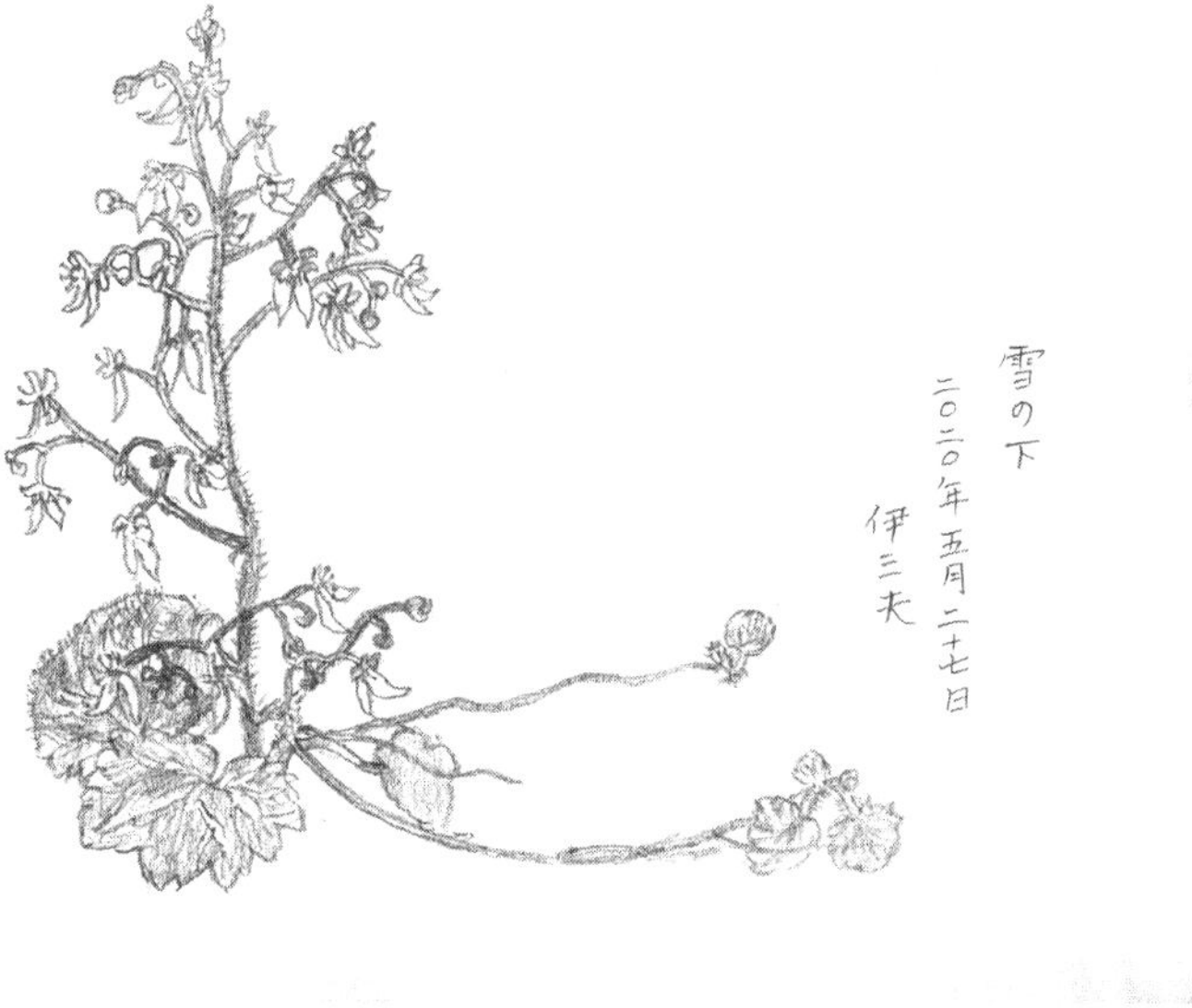
雪の下
二〇二〇年五月二十七日
伊三夫

い廊下をまわりに伸ばして次々と部屋を増やしていくタイプのもので、その不思議な構造にわくわくした。玄関先に敷物をひろげ、あぐらをかき、はじめて雪の下をスケッチしてみる。「雪の下」の漢名は「虎耳草《こじそう》」というらしいが、なるほど産毛をふさふさはやした丸い葉は虎の耳のようにも見える。

鎌倉の山に「雪ノ下」という地名がある。名の由来は雪の下が多く自生していたからだろうかと思ったが、そうではないらしい。北鎌倉に住んでいた頃は、よく円覚寺のあたりから坂をのぼって鎌倉駅前に遊びに行った。鬱蒼とした森のなかのトンネルを抜けていくのだが、このあたりは、敬愛する映画監督の小津安二郎や日本画家の小倉遊亀の家があった。鎌倉へいくのには、梶原の住宅地をぬけて山の尾根づたいに歩く道もある。途中、木々の枝の間から由比ヶ浜の青い海が見渡せたりして好きな道だった。この山道はいろいろな方面へ枝分かれするハイキングコースになっていて、大仏や文学館へも歩いて行くことができた。

「港の人」をはじめて訪ねたときも、この山道を歩いていった。もう十五年ほど前のことなのでよくおぼえていないが、たしか午後三時頃到着したのではなかったろうか。上野さんは積まれた本の山のなかで忙しそうにされていたが、一度しか会ったことのない僕を招き入れてお茶を出してくださった。僕はそのあと銭湯へ行ってどこかに酒を飲みにいくつもりであった。それで上野さんを誘ってみたのだが、まだ仕事中であるのに、行きましょうと、社員の女性になにやらひと言ふた言声をかけて一緒に銭湯へ行くことになった。僕は北鎌倉へ引っ越してきて、まだ近所に友人もほとんどいなくてさみしく思っていたので、うれしかった。

僕らは、銭湯へ行ったあと、むかいの酒屋の角打ちで一杯やって、鎌倉駅の近くにある「ひらの」というもつ焼屋へはしごをして、ずいぶん酒をのんだ。ほぼ初対面だったが、なんとなく馬が合うようで、お互い気をゆるしていい気であった。飲んでいる間なぜか僕は「港の人」という社名を「巷《ちまた》の人」と何度もまちがえて呼んでしまい、そのたび上野さんから、

「『巷の人』ではありません、『港の人』。み、な、と、の人ですよ」

と正されてあやまった。ところが、そのあとがいけなかった。ひらのを出て、さらに「よしろう」という居酒屋へ行って飲んだが、ここでも、僕はまた何度か「巷の人」と言いまちがえてしまい、とうとう上野さんを怒らせてしまったのだ。

「この野郎！　わざと間違えているだろう」

上野さんがカウンター席で突然立ち上がり、そう怒鳴ったので、他の客たちがふりむいた。もちろん、僕は、わざとなどという気は毛頭なく、びっくりして手をついて平謝りし

た。上野さんとは、その後も一緒に本を作ったり、酒をのんだり、銭湯へ行ったり、仕事と遊びの境のない友だちのような関係になった。飲むといつも大きな声で笑ったり、頭をかいて照れくさそうにしたりする。ごくたまに泣くこともあるが、怒ったところを見たのは、このときだけである。

（6月1日月曜日）

石田千から
牧野伊三夫さんへ

押し入れ、5時55分

今週は、衣替えをしている。きのうの誕生日は、いちごアイスを食べて、ちいさいシャンパンをあけた。酔っぱらって毛布やひざかけを、洗って干して、いい気分で寝た。

いつもは、まだ着られてもう着ない服は、友人たちとつづけているバザーに出す。ユニクロの服は、ユニクロに持っていくと、衣類の必要なかたのところに届けてもらえる。この夏は、バザーはできない。ユニクロは、どう対応されているか、調べないといけない。

中学と高校は、制服を着ていた。6月1日の前後数日、移行期間があった。夏服でも冬服でも、どちらでもいいよ。ことしは、暑さも涼しさも安定せず、移行期間がだらだらつづいている。

セーラー服のころから、ラブホテルのあたりをうろうろした。育った東中野は、新宿からふたつめ。あいだの大久保は、駅のホームからラブホテルが見える。受験期には、夏期講習や、学力テストがあった。会場になっていた男子校も、大久保にあった。このときも、近道のラブホ横丁を抜けて通っていた。サスペンスドラマは、よくラブホテルの室内で事件がおこったから、このなかは、あんなふうなんだろうなと歩いていた。それでも、ご休憩やご宿泊の意味は、わかっていなかった。

大久保は楽器の町でもあって、吹奏楽部にいたから、掃除用品を買いにいったり、修理をお願いしたり、なにかと用事があった。学校から帰るなり、大久保にいくから、お金ください。母にいう。制服のまま、いってきまーす。はいよー、ミシンを踏みながら、母は返事した。

おかっぱの女子中学生が、たそがれどきの横丁を歩く。金髪の美人が仁王立ちしていたり、うつむきがちの男女とすれちがったり、すこしこわかった。いまとなれば、滝田ゆうさんの絵のなかのような時間だった。

そのまま、高校、大学とらっぱを吹きつづけた。ラブホの町にも、変わらず出かけた。楽器の修理やさんは、なぜだかラブホのそばにある。大学は渋谷で、サークルの先輩に教わった円山町のお店にお願いしていた。おおきな音を出しても苦情がないからなのか。

お相手のある記憶をはぶくとして、回転ベッドは見ておいてよかった。円形舞台に、しろいシーツがかぶせてあった。回転するとなにがいいのかは、まったくわからなかった。明かりを消すと、天井に星座が出た。なぜだかひとり帰るとき、ふりむくと、ベッドのまんなかに毛布をかぶって寝ていて、それが巨大なギョウザのように見えた。あそこはどこだったか、ギョウザをつつむたび、思い出せない。

神楽坂に勤めているときは、坂のうえにラブホテルがあって、毎朝、玄関をお掃除されている宿のかたに、おはようございまーすといって通った。出てきたお客さんを見るときもあった。どのひとも、つんのめるように出てくる。入るも出るも、気合いがいる。

いちど、三人で入った。

平日の円山町の取材で、編集担当をしてくれている青年と、カメラマン氏としのびこむように入った。広いすてきな部屋で、ふたりなら気がつかないことは、通路がとても狭い。もつれこむなら、むしろ狭いほうが安全。鏡が多いから、撮影するときは、壁にはりついたり、浴槽に服を着たまましゃがんだり、忍者屋敷に来たようだった。

冷蔵庫のなかには、ビールや栄養ドリンクといっしょに、コスプレのカタログが冷えていた。白衣、エプロン、もちろんセーラー服もあった。

ひと夏の夜を封じて餃子焼く　　金町

（6月5日金曜日）

前回、ひとつ誤りがありました。ゴム手袋は、日本企業の製品で、製造はマレーシアが正しい。お詫び申し上げます。

牧野伊三夫から
石田千さんへ

六月八日

数日前に友人の死の知らせがあって、電話をつなげたまま、相手も僕も、ただずっと黙っていた。

二〇二〇年六月七日

石田千から
牧野伊三夫さんへ

いもうと

いもうとは、出かけた

あの町、あの島、あの港、
食堂、朝市、なじみの酒場、
飛行機、バス、ローカル線、ずいぶんながい旅になる

天気予報は、フラダンス日和
おおきな麦わら帽子をかぶって、しなやかな手足で、
ビーチサンダル、ぺなぺな
髪がなびく
兄弟姉妹はたくさんいて、
いもうとだけ、みんなの兄弟姉妹になれる

56

ずいぶんまえ、渋谷の桜並木で、ふたりでおさけをのんだ
意気地なくふられて、地下の立ち飲みで、熱燗をどんどんのんだ
……こんど好きなひとができたら、ちゃんとことばで伝えましょう

指きりげんまん
しろい小指に、つつまれる
みんなの、とくべつな、たいせつな、いもうと
旅さきのあちこちには、知っているひともいて
くいしんぼうだから、いい酒場につれていって
おいしいおさけものめるよう
よくよく頼んでおいたから、心配いらない

満ちていく月は、まだ空にあって、
しずかな道を、まっすぐ照らす
背すじをのばし、まえをむいて、

57

珊瑚の首かざりが揺れる、しろい花が目を覚ます
いもうとは、でかけた
そうして、ほんとうのひとになる

（6月12日金曜）

牧野伊三夫から
石田千さんへ

葉っぱと豚肉

イチジクの木は、その後もぐんぐん伸びて、庭先の外灯に届くまであと葉が一枚というところまできた。きっと七月までかかるだろうなと思っていたのだが、植物は暑くなるにしたがって成長が加速していくのだ。夜ふけに飲むビールをベルギーのヒューガルデンからイギリスのベックスに変えた。軽やかでにがみのある味は、乾燥した岩山で風に吹かれてふんばるハイマツのような味。ヒューガルデンの方は、湖でひと泳ぎした女が、髪をぬらしたままフルートを吹くような味であろうか。なんのことやら……。夜ふけに外灯の前で大きな手袋のような黒い影を揺らすイチジクの木をボンヤリと眺めるのが、この頃のたのしみである。

先週、近所にある農家の直売所で葉つきの人参を買ってきた。ここでは、パンの耳を売るように、たまに人参の葉だけを安く売っていることがある。見つけたら迷わず買い、塩ゆでして、塩、黒コショウ、オリーブ油、くるみ、にんにくを混ぜ入れてフードプロセッサにかけ、小分けにして冷凍保存しておく。スパゲティのジェノベーゼやスープを作るの

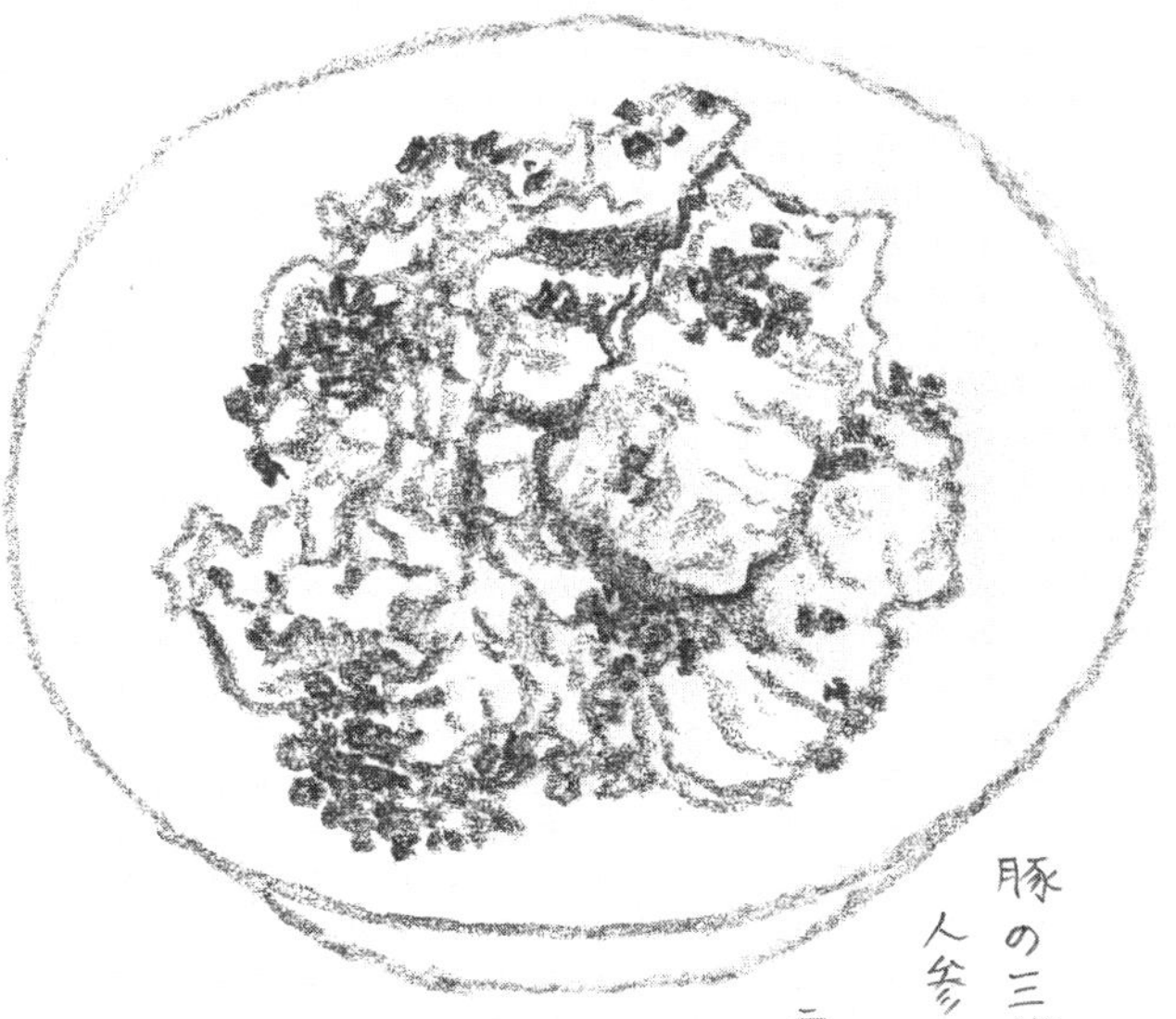

豚の三枚肉と
人参の葉あえ
二〇二〇年 伊三夫

に使うのである。

昔、アフリカのマダガスカルを旅したとき、レストランでゆでた豚肉に小さく刻んだ濃い緑の葉をまぶした料理を食べたことがあった。おそらくマニオクの葉ではないだろうか。その料理を思いだして豚の三枚肉にジェノベーゼの人参葉をまぶしてみたら、とてもおいしかった。豚の三枚肉を塊ごとゆでて薄く切り、人参葉の他に、塩、黒コショウ、レモン汁、酢を少々入れ、味をととのえるだけの簡単な料理。さらに湯むきしたトマトや茹でたじゃがいもなど添えたら、もう言うことはない。そういえば、千さんが雑誌で食べ物についてのエッセイの連載をしていたときに、人参サラダのさし絵を描いたことがあった。人参が細かく刻まれて皿に盛ってあるのを描くのはなかなかむずかしかった。

三枚肉を茹でたあとの湯を少し煮詰め、ビーフンを作るときにスープに用いたら、うまかったので、ついでに作り方を記しておこう。

まず、ビーフンの麺と干し椎茸を戻しておく。しいたけの戻し汁を三枚肉のゆで汁に混ぜ、酒、醤油で味付けしたスープを作っておく。醤油の濃さはうすめにしておいて、足りなければ食べるときにまわしかければいい。中華鍋に、ごま油とサラダ油を半々くらいにしき、豚小間切れ、生姜の細切り、葱の薄切り、竹の子、にんじんと順に炒め、こしょうを少々ふる。そこへ作っておいたスープを加え、煮立ったら戻しておいたビーフンを入れて少しだけ煮て、カレー粉を小さじ半分ばかり入れる。スープが多すぎると煮詰めるのに時間がかかってビーフンの麺がのびてしまうので、ほどほどにしておくのがおいしく作るコツだ。最後に、ピーマンの細切りを入れて余熱でひとまぜする。豆板醤をちびちびつけて食べるのも、おいしい。

（6月16日火曜日）

石田千から
牧野伊三夫さんへ

ガスコンロ、6時2分

さかのぼること、先週の金曜の晩、晩のおかずは、豚ひき肉のハンバーグ。１００グラムのひき肉、玉ねぎのみじん切り、たまごひとつ、ビニール袋にいれて、ちょっともむ。塩とこしょう。ナツメグが、瓶からどばっとはいったけど、すきな香りだから、まあいいや。

フライパンを熱して、両面じゅうじゅう。皿にのせて、フライパンには、赤ワインとバルサミコを１：１で煮つめ、そのソースをかける。粒マスタードをつけながら、食べる。久しぶりのハンバーグ、ワインも２杯。

食べてしまってから、なんとなく。本箱の、漢方薬の本をめくる。

ナツメグは、肉豆蔻というむずかしい字を書いた。少量で、蠕動運動、胃液の分泌を促進。大量だと、神経をまひさせる。あれ、こまった。でも、小さじ１ほどではなかったから、まあよしとして寝た。

その晩、２回トイレに起きて、それはよくあること。すこしふらついてワインが残っている。水をのんでまた寝た。

そうして、あたらしい朝が来たので、むっくり立ったら、背骨がくずれた。指がふるえる。口のなかが、ぱさぱさになって、動悸もしている。

更年期まっさかりなので、いろいろあるけど、ここまでのことはないので、これは昨夜のナツメグ。検索してみると、いろいろこわい記事がでていて、なかにお医者さんの書いた、ナツメグ中毒の症例を見つける。興奮状態とのどの渇きを訴えて来院、安静のちおさまって帰宅とあった。読むあいだも、からだはドンドンパンパンという感じで、安静といわれても、横になるほど騒がしい。指をつっこんでも、すっかり食べてしまって吐けない。むかし、家庭科で、誤って洗剤を飲んだら、牛乳をのみなさいと教わったので、コップ1杯、さらに水もごぶごぶ飲んだ。

気を失ったとか、救急車とか、おそろしい記事もあった。土曜なら、救急診療になる。意識はあるし、この大変なときに行くのは申し訳ない。それでも、様子をみていていいかどうかだけ知りたい。そういう番号があったはずと探し、#7119にかけたら、近くの救急対応病院を3軒教えてくれた。

最初のところは、出なかった。2番めのところが、出てくださった。様子をつたえると、いつ食べましたか、どのくらい食べましたか。かわいらしい声できかれる。小さじ1杯はなかったと思いますというと、小さじ1杯は何グラムになるでしょうときかれ、塩なら5グラム。ナツメグは粉末だから、違うかもしれません

……はーい、いま医師にきいてきますね。

そういって、しばらくのち、こんどは低い声の女性の声になった。

……いま医師にききましたら、そのくらいの量なら、救急処置の必要はないと思いますとのことでした。ご心配なら、診察はできますがといっています。うかがっても、治療はないということですかときくと、はい。それでは、ひとまず様子をみます。お忙しいなかお騒がせをしてと、頭をさげつつ電話を切った。

やはり、安静あるのみ。きょうはそういう日とあきらめて、また水を飲む。興奮しているから、空腹も感じていないけど、ここは、サッポロ一番塩ラーメンの出番。こしょうは振らずに、食べて寝た。

のどが渇いて、すぐ目が覚める。みじかいへんな夢をたくさんみる。いままでにみたことのない大昔のことが出てきて、脳みそが編集作業をしているんだ

なと思ってまた目をつむる。

夕方の6時ごろ、ようやくのどの渇きがおさまった。そこから風呂にはいって夕飯のしたくもできて、母にも電話できたけど、いわずにおいた。ざわざわ落ちつかない感じは、翌日の昼までつづいた。1週間たって、手紙に書けることになった。

香辛料の薬効は、たいへんなもの。ハンバーグを作るときは、どうぞお気をつけてください。

電話をかけたとき、さいしょのかたも、つぎに出られたかたも、おっとり、ゆっくり話されて、安心した。患者といっしょにあわててはいけないからか、もともとの口調か、おふたりのお声に助けられた。

このあいだ52になって、芭蕉の享年を越えた。夏目漱石の享年を越えたときよりも、おどろいた。なんたる52、なんたる粗忽。

そういうそばから、さっきは牛乳をあたため、吹きこぼれた。

いちばんいやな失敗。それでも、半分ほっとしている。

きょう一日、これよりひどいことはない。

66

牛乳もこぼれてよろし梅雨もなか　　金町

（6月19日金曜）

牧野伊三夫から
石田千さんへ

サヴール

六月二十一日の日曜日、ついにイチジクが外灯まで達した。夜、部屋の電球を消してロウソクを灯し、外灯の光に影絵のようにゆれるイチジクの葉を眺めながら、ヒューガルデンで祝うことにする。

一年ほど前から制作していた包装紙やら箱やらが出来上がる。YAECAという洋服のブランドを経営する服部哲弘さん、恭子さんご夫妻がはじめる「サヴール」という焼菓子店のものだ。白金の洋服を売る店舗の一角に小さな菓子工房があったのだが、それを発展させて田園調布に本格的な店を開店することになったのである。扱う商品は、バターケーキ、クリームバターケーキ、マカロンなどの伝統的なフランスの焼菓子。何度か試食をさせていただいたが、マカロンなどは、よく売られているカラフルな色のものとは異なる味で、どこか素朴で懐かしい味がする。恭子さんによれば、スペインとの国境近くのフランスの田舎町で、昔から作られている郷土菓子の味を再現したものらしい。

パッケージの絵はこれまでにも和菓子屋や雑貨屋などのものをいくつか描いたことがあ

るが、洋菓子屋ははじめてだ。フランス菓子らしくパリの街角や南フランスの風景などのスケッチを数枚描いてみたのだが、果たしてこのようなまっすぐな内容でよいのだろうかと首をかしげた。また、恭子さんから資料用にと東京や外国の洒落たパッケージがいくつも送られてきて、それを参考にあれこれ考えたりもした。

そのうちに、自分はたった二度旅をしたことがあるだけで、フランスについてよく知らないではないかと、うしろめたいような気持ちになっていく。そして、フランス菓子だからと、ことさらにフランスを意識して描くことも、どこか空しく思えてきた。よくは知らないが、フランスには、昔から憧れている。しかし、自分は日本人である。もちろん店も東京の店だ。フランスばかり見つめていた目線が、だんだんと自分が住む東京の街へと向かっていく。映画か何かで見て描いたオリーブの林や修道院などの絵が、だんだんと淡く混沌として消えていった。そしてかわりに、画紙のうえに、ただの落書きのような絵が次々と現れてきた。この絵たちは、何だろう。もはや、自分が何を描いているのかわからなくなっていく。

画室に自分でもよくわからないスケッチが日に日にたまっていくので、あるとき服部さんご夫妻のところへ全部持っていって見てもらうことにする。お互い緊張したなかで、僕はカバンからスケッチを取り出したのであるが、その絵を見た二人は声をあげて笑うので

SAVEUR

SAVEUR

SAVEUR
バタークリームケーキ
2020 伊三夫

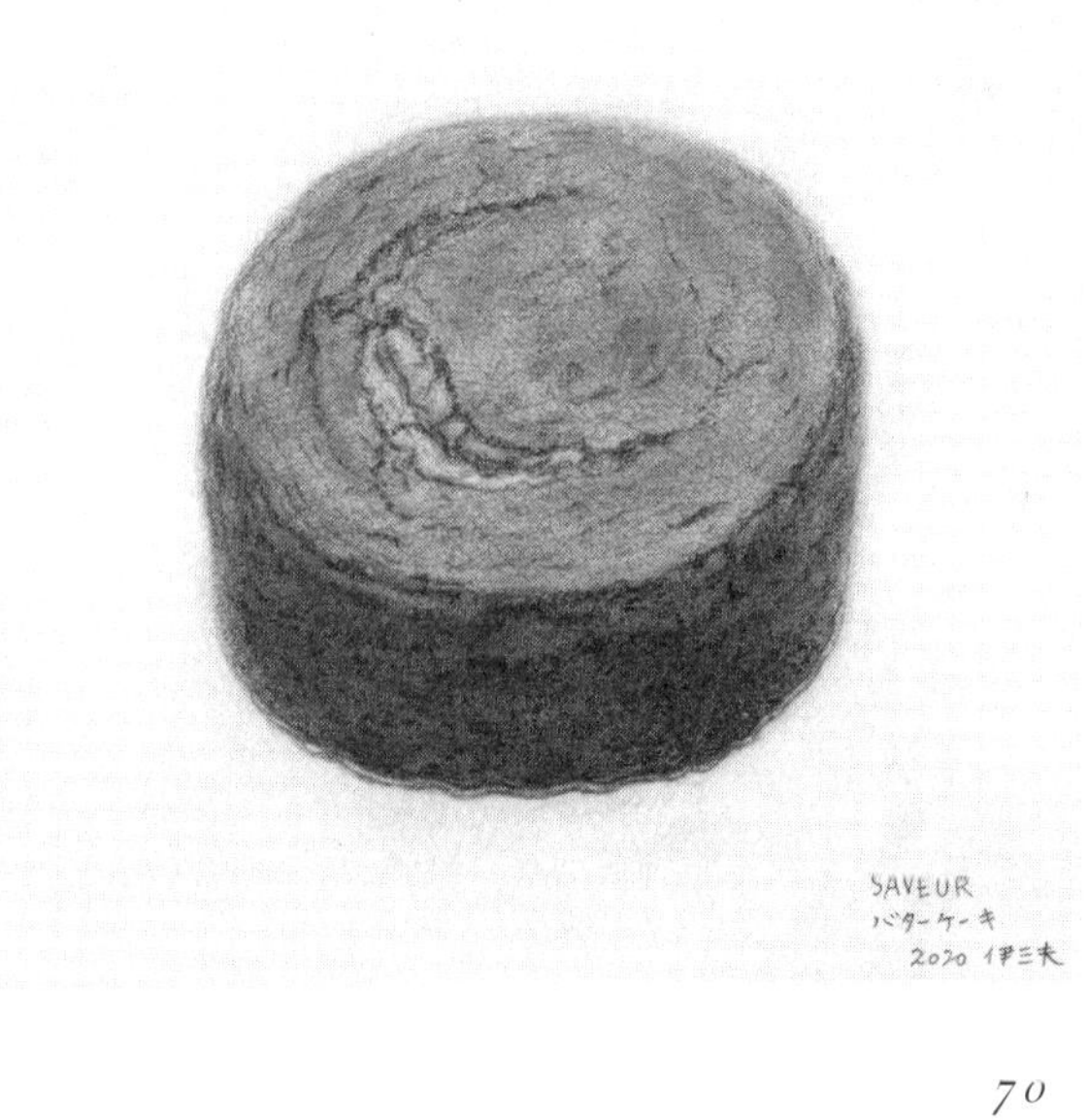
SAVEUR
バターケーキ
2020 伊三夫

ある。そして、「わたし、こんな絵を描く大人の人、はじめて見たわ」と恭子さんが言う。思わぬ反応に、僕はまずかったかなと肩を落としかけたが、これはどうやら合格ということだったらしい。

お店は今年の秋に開店の予定で準備をすすめていて、いま地図や菓子の絵を入れたショップカードも作っている。先週、その絵を描くために、店で売るバタークリームケーキを送ってもらったのだが、ケーキをくるんでいた透明のラップをはがすと、暑さで溶けてねちょねちょになったクリームがハリネズミの背中のように逆立っていた。それであわててエアコンで部屋を冷蔵庫のように冷やし、ナイフで形を整えようとしたが、これは素人には難しい仕事だった。時間をかけてなんとかやってみたが、そのあと鉛筆で精密デッサンをやっていると寒さで何度もクシャミがでた。

描き終えてから小さく切り分けて冷凍保存したのを、毎日、珈琲といっしょにいただいている。開店して、このケーキが自分の絵に包まれて店に並ぶのを、いまから楽しみにしている。

（6月25日木曜日）

石田千から
牧野伊三夫さんへ

頼りにしてまっせの箱、10時24分

朝食をすませて、洗たくを干すのが、九時半。

毎朝のたのしみは、どこかの部屋の朝食の匂い。パンを焼く、コーヒーをいれる。うちよりのんびりで、いいな、うらやましい。けさも変わらず、いいにおいで、よかった。

ラジオでは、九州の大雨。心配している。

50年にいちど、100年にいちど、どうして重なってしまうのか。

来週は、夏越の祓え、父の命日。亡くなって、二年になる。きのう、皿を洗っていて、山下達郎のrebornという曲が流れた。お天道さまは、なにを伝えていらっしゃるのですか。毎朝、祖父母と父の写真にたずねて、きこえない。

雨が降りそうだという日、雨がやみそうだという日。

おなじ曇天、おなじうすらぼんやりでも、一日の方角がちがう。電車の、上り下りのようなものと思う。

音楽なら、雨になる朝は、歌のないCDをかける。もしくは、なにもかけない。

鳥が鳴く。お隣さんが、庭を掃く。したの階の子が、泣いて笑う。とおくで電気ドリルもうなり、どこかの仏壇の、おりんが鳴る。そうして、管弦楽団のように降ってくる。

晴れた日は、歌がいい。いっしょに歌う。

夏至の週末は、CDの箱をかたづけた。まえは、国内と海外、歌あり歌なしとわけていた。今回はそこに、頼りにしてまっせの箱を作った。毎日かけるCDを、そこにならべた。青木隼人さんの「日田」もいれた。学生時代にあんなにきいたビッグバンドは、めったにきかなくなった。

関西の友だちとはなすと、こまっているときも、ゆっくりできる。関西ことばには、ひとを安心させる抑揚、リズム、はやさがある。モーツァルトよりずっと、安心する。どこかできっと、そういう研究をされている方がいらっしゃる。

ずっときいている音楽家には、会ったこともないけど、このひとを聴けば大丈夫と思っている。頼りにしてまっせと、ならべていった。

リズ・ライトは、銀座のHMVで流れていた。

ジャズの担当のかたが目利きで、よく通った。低音の、なめらかな、ムースのような余韻がある。ことばをだいじに、祈りをもって歌う。スタンダードも、ゴスペルも、みずから作った曲もある。出ているものは、みんな持っている。いつも、演奏者も、プロデューサーも、すばらしいチームで、期待と信頼がわかる。

すこやかなポートレイト、道ばたにおおきな旅行鞄を置き、傘をさして立っている。

blue roseという曲がだい好きで、このごろよくかける。歌詞に朝顔が出てくる。抑制のある歌唱に、安心する。来日公演をのがしてしまって、ほんとうに残念だった。

ことしは、朝顔もゴーヤーも、蒔かなかった。

そのかわり、引き出しにのこっていたディルをたくさんまいた。よく育って、ふさふさと揺れている。

きゅうりの旬にはいるので、うれしい。

75

やわらかいところを摘んで、サラダにする。

火曜日は茅の輪くぐって三回忌　金町

（6月26日金曜）

7月

牧野伊三夫から
石田千さんへ

夏の庭のアロエ

すっかり夏の陽気だ。豆腐屋へ行くと、冷蔵庫で冷やした豆乳が売られていたので、一杯もらう。店頭で、立ったままごくごくと一気飲みして容器を返すと、店の主人から「もう飲んじゃったの。もっと味わって飲んでほしいなぁ」と困ったような顔をされる。たしかにそうだ。「作る手間からするとね……。でも、うまいから一気に飲んじゃったよ」と言うと店主が笑った。

少し前に銀座の月光荘画材店からスケッチブックが一冊届く。送り主は、日比としか書いておらず、いまの社長の日比康造君からだろうか、あるいはお母様のななせさんからだろうかと思いながら封を切った。手紙を探してみたがない。一体、どうして突然このようなものが送られてきたのだろうか。少し考えて、もしかしたらコロナ見舞いかと思って、康造君にメールをしたが、なんの返信もなかった。

それから数日して、銀座の森岡書店の森岡督行さんから、コロナで落ち込む銀座を元気づけるために月光荘画材店と一緒に七夕祭りと題して展覧会をやるので出品してほしい。

二〇二〇年七月一日 伊三夫

ついては、その作品制作に用いるスケッチブックを月光荘から届けてもらうのでよろしく、という内容のメールが届く。そういえば一ヶ月ほど前に、この祭りのための話し合いをしていた康造君と森岡さんから電話がかかってきて、参加してほしいというようなことを聞いていた。それで、ようやく僕はスケッチブックが送られてきた意味がわかった。それにしても康造君から何か一言書き添えてあってもよいだろう。そう思っていたところ、康造君から、つい最近二人目の子供が生まれて、幼い息子さんの面倒を見ながら仕事をしていて、てんやわんやだったと連絡があった。

この展覧会は、僕の他にも、月光荘画材店にゆかりのある絵描きたちが数名参加するというもので、この画材店の創業者である橋本兵蔵が残した言葉をテーマに絵を二点描くことになっていた。僕は、いくつか渡された言葉のなかから「遠いところを見るより、手近なところに幸福があるのです」という言葉を選んだ。何気ない日常の暮らしのなかで絵を描きたいという自分の気持ちと重なるように思えたからだ。昨日が締め切り日だった。出品したうちの一点は、「破れ障子のむこうに見える夏のアロエ」というタイトルで、子供がいたずらをして破った障子の穴から庭のアロエをのぞいて描いたものだ。見慣れたアロエが新鮮に目に映って面白かったのである。

（7月1日水曜日）

石田千から
牧野伊三夫さんへ

10時45分、葱と観覧車

日曜日は雨の予報なので、期日前投票をした。投票所は、役場の一階。いつもなら、ティッシュとかゴミ袋とか、花の種をくれるけど、今回はなかった。ビニールのカーテン越しに、係のかたががいらして、ビニール手袋の手で、鉛筆を渡される。書き終えたえんぴつは、すぐさま除菌されていた。

あいかわらず、火曜日と金曜日だけ、地面を歩く。役場のちかくには高等学校があって、夏服の学生さんとすれちがう。開襟シャツがさわやかだった。おおきな手さげを襷がけにして、ぺなぺなとすれちがった。

投票は五分もかからず、買いものに寄る。ブロッコリーと小松菜、きうり、みんな東京産だった。小松菜は、江戸川の小松川が発祥。火曜も金曜も買うから、1週間に2束も食べている。ポパイはほうれん草だけど、東京都民なので小松菜のほうが、子どものころからなじみがある。いちばん好きなのは、がんもどきと煮る。

やおやさんから、とうふやさんに。7月になったので、冷やっこを解禁した。もめんと納豆を買って、ねぎがないと思い出し、またもどる。あおあおと束ねてあるのを手さげにさして、お侍の気分で歩くと、つんとする。去年の寒いころを思い出す。

昨年の『窓辺のこと』のはんぶんは、新聞の連載エッセイをまとめた。連載のときは、窓辺の時間という題だった。新聞のおおきな紙面ではしっくりしていたけど、本にするときは、ちょっとお行儀がいいので、変えます。港の人の上野さんにお伝えしたものの、装幀の打ち合わせの日まで、いい題が浮かばなかった。装幀をお願いした有山さんの事務所で、牧野さん、上野さんとお目にかかっても、だめだった。こまった。こんなのは、はじめてだった。題名が決まらないと、本づくりは、なにも動かない。

風呂にいこうか。牧野さんが、たすけ船を出してくださって、上野さんと3人でおふろにいった。おふろのむかいに弘法さまのお寺さんがあって、よくよく拝んだ。

ふろに入れるなら、たいていなんとかなる。ぽんぽん脱いで、ざんぶとつかった。

目を閉じ5分もしないうち。弘法さまは、思いもよらない、20年もまえのことを思い出させてくださった。

都電の踏切を見て町屋に出たら、やおやさんがあって、千住ねぎをみやげに買った。ぶらさげてまた歩くうち、荒川遊園の駅についた。いい夕方で、観覧車にのったら見晴らせる。いってみると、おなじことを考えているひとが、列を作っていた。さきに乗ったのは、若いカップルだった。うしろにいたのは、制服の高校生だった。まえも、うしろも手をつないでいる。おばちゃんは、ひとりで、ねぎの束を握っている。

いってらっしゃいと送られ、観覧車は空にのぼる。予想どおり、いい夕焼けだった。きれーい。ひとりで声をあげる。すこし腰を浮かすと、さきのカップルは抱きあっている。もしやとふりむくと、制服のカップルはやっぱりくっついて、キスをしている。なんだよう。手さげから葱の匂いがして、はやく帰って湯どうふを食べないとと思った。

弘法さまのお導きで、題が浮かんだ。葱と観覧車。行儀がよくないし、これにしよう。

ふろを出て、長湯のふたりを待ち、近くのたちのみで、題は、葱と観覧車ですといった。

牧野さんは、すぐさま紙をとり出し、葱と観覧車ね。えんぴつを走らせた。そのとなりの上野さんは、はじめての異国の食べものをくちにいれたような顔で、だまっていた。その晩は、台風の予報で、のんじゃったし、きょうはここまでと解散した。

台風とおさけの抜けた翌朝、なんだか葱と観覧車は、かっこよすぎるな。弘法さまに、力不足ですとあやまって、また数日こまった。こまりはてたあげく、友人知人を総動員して相談して、ようやく窓辺のことが見つかった。それまで題で迷ったことは、いちどもなかった。その後もない。きっと弘法さまは、迷うよう、悩むよう、そして、頼るよう、知恵を授けてくださった。

葱と観覧車だったら、どんな本になっていたかな。

本ができておさけをのんだとき、この話を漫才のように、あちこちの町の書店で話しましょうといっていた。残念ながら、あちこちには行かれなくなったけど、葱を買うたび、おかしい。

葱のあおいところは、ななめに、ほそくほそく刻む。キャベツと、ちりめんじゃこのパスタにする。オリーブオイルでにんにくを香らせ、ゆでたじゃがいもと炒める。どちらも、レモンをきゅっとしぼる。

のぼり坂あおくうなずく夏の葱　　金町

（7月3日金曜）

牧野伊三夫から
石田千さんへ

コップ敷き

昨日は、七夕。生まれてからもう五十六回目の七夕なのである。朝、散歩のときに道路にはみ出していた竹の小枝を切って家に持ち帰り、部屋の天井あたりに立てた。短冊には、健康でありますように、よい絵が描けますように、おいしいものが食べられますように、と書く。年をとるほど、願い事が大ざっぱになってくるなと思う。子供の頃は何と書いていただろう。

日田がまた豪雨になっているというニュースが流れていたので原君に連絡したら、三隈川が氾濫しそうで映画館を臨時休館にしたという。ひどい日だが、今日が誕生日だというので、気の毒になって、誕生祝の歌の歌詞を打って送る。「ハッピバースディ、ディア原君〜♪」。

そのあと、いつものようにアトリエでラジオのクラシックを聴きながらアイスコーヒーを飲む。そういえばずいぶん昔、渋谷のコーヒー専門店で、テーブルに持ってきたコーヒーを店主から早く飲めと催促されたことがあった。僕が一口飲んで煙草に火をつけてい

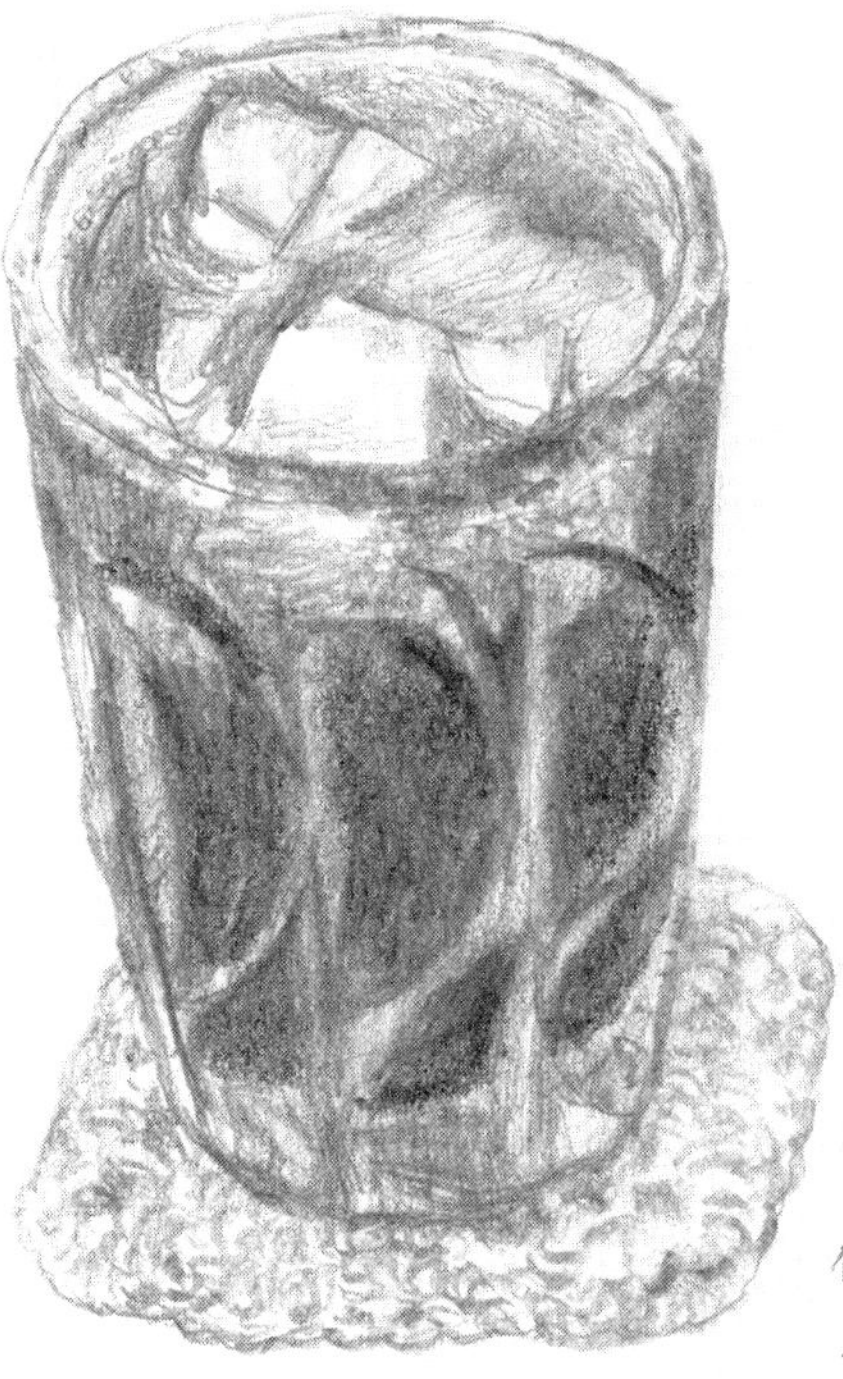

毛糸のコップ敷き
二〇二〇年七月七日
伊三夫

ると、わざわざ席までやってきて、コーヒーは淹れてから十五分もすると酸化して味が落ちてしまうから、はやく飲めと言うのである。うるさいことを言うな、と思ったが、酸化したコーヒーは胃にもよくないらしい。それからは淹れたてを飲むようになった。アイスコーヒーを作るときも、酸化を気にして、水をはった桶にコーヒーポットを沈めて落として早く冷まし、ボトルにうつして栓をしておく。

家には、アイスコーヒーを飲むのによく使うコップ敷きが三種類あって、ひとつは、祖母が生きていた頃にボケ防止に通っていた刺繍教室で作った木綿のもの。お手本通りのデザインだが、色の組み合わせがなかなか洒落ている。

もうひとつは、絵本作家のミロコマチコさんが手作りしてプレゼントしてくれたもの。ピンクと黄緑色のペーズリーのような派手な柄だ。ナイロン生地なので、使っているとコップの汗をはじいて、だんだんテーブルが濡れてくる。コップ敷きには不向きな生地であるが、絵柄を優先して作ってしまうところが彼女らしいなと思う。以前は家が近所で毎晩のように飲んで遊んだが、いまは遠く奄美大島に引っ越していった。なかなか会えなくなったけれど、今頃どうしているかな。

もうひとつは、千さんからいただいたものだ。中央線の信州方面へ行くあずさ号と同じ色の薄紫色の毛糸で編んであるから、「あずさ」と呼んでいる。コップをのせると、ふわふわする。そのたび指でつまんで、そのふわふわ具合をたしかめたくなる。これを使うときは、筆をとめて編み物をしている千さんの姿を思いうかべている。

（7月8日水曜日）

石田千から
牧野伊三夫さんへ

柿ピー、11時20分

母から、荷物がきた。

畑をされている洋裁学校の生徒さんから野菜をいただいて、そのお福わけを送ってくれた。いんげん、オクラ、きゅうり、おかひじき、みんな、そのまま口にいれたくなる。なんてきれいな、みどりいろ。おすすめの塩麹も入っていた。肉も魚も野菜も、なんでも漬けていいよ、飽きないよ。まえから電話でいっていた。

以前は、毎月のように、おいしいふるさと便を送ってくれていた。父がいなくなってからは、あちこち具合を悪くして、日々を送るのにかかりきりのようだった。それが、このところ、めきめきと元気になった。筋トレの自主トレをつづけ、食事も、毎日かならず卵をひとつ、肉か魚も食べて、苦手な牛乳ものんでいる。

息子や娘に迷惑をかけられないから。辰年生まれの気丈をとりもどしてくれて、ほんとうにありがたい。

野菜のすきまには、まえとおなじに、柿ピーが入っている。荷造りの緩衝材のように、いつも入れてくれる。父の大好物で、家にはいつも買い置きがある。離れて住んでいても、毎日ぽりぽりが、あたりまえの柿ピー。東京でもあたりまえにあるけど、送ってもらう柿ピーは格別。さっそく、父の写真にそなえた。

それから、野菜をわけて、束ねて、包んでしまってと動きながら、どっちだっけな。また、わからなくなって、えんぴつを持ってきて、包んでいた新聞に書いてみたら、やっぱりまちがえた。

整理整頓の、頓の字。かならず、左右をまちがえる。書いてみれば、ちがうとすぐわかるのに、やっちまう。だって、屯のさいご。ぐいっとはねたら、頁にぶつかってしまいそう。なんとも、書きにくい。大好きな小田井涼平さんのいる、純烈の純。鈍行列車の、鈍。みぎにくると、気もちよくおさまる。新入社員のころ、俳人加藤楸邨先生宛の手紙を出すときも、邨の字をまちがえた。左側に気をつけろ。いつも思って、まちがえる。

左右の混乱は、生まれながらで、靴の左右も逆にはき、赤あげて白あげないの旗あげも、ぜんぜんできなかった。ひらがなの鏡文字も、なおらなかった。

みぎと左が交差する蝶々結びができるようになるまで、友だちの倍より時間がかかって、スニーカーのひもが結べず、ズック靴の時代が長かった。正しく書こう、結ぼうとすると、あたまのなかの強力な磁石が反発する。両のこめかみが、NとNになったみたいに、いやな負荷がかかる。

考えないで左みぎとわかるようになったのは、自転車でけがをした。縫ったほうが、左。怪我の功名だった。みぎ左は音痴でも、方向おんちではなく、地図を見れば、山道も迷わず歩く。そろそろ、矯正せずに、脳内の磁石のとおりにしてもいいのかもしれない。頓の字も、逆に書いたら、逆の意味にすればいい。頓の訓読みは、にわか。たちどころにということだから、逆にしたら、ゆっくりと読めばいい。このほうが、ずっとらくになる。

牧野さんが、ずっとまえのコースターを、いまも使ってくださっている。とてもうれしかった。編みものをすると、すこしずつ残るので、コースターを編んで、会ったひとに配る。不器用でも手を動かすのは好きで、母がそういうふうに育ててくれた。

この年になっても、衣食住に動くのが苦にならないのがありがたい。八十路の本人も、電話でそういっていた。

三度豆とめとじはらい意のままに　金町

（7月10日金曜日）

牧野伊三夫から
石田千さんへ

一番蟬

家の近所の銭湯へ行くと、帰りに酒屋で冷えたビールの小瓶を買って飲む。家に帰り着くまで湯あがりの一杯が我慢できないのだ。玉川上水の雑木林のそばにあるこの酒屋はご夫婦でやっている。小さな店だが、品ぞろえにこだわっていて、毎年新酒や秋あがりの頃になると、いろいろな珍しい銘柄が棚に出てくる。ソムリエの資格をもつご主人が、甲府のワイナリーでつくったというオリジナルの葡萄酒もある。酒のほかにも「三河みりん」「千鳥酢」「太白ごま油」「チョーコー醬油」など、上等の調味料も扱っているので、そういうものはわざわざここへ買いにくる。

先日、醬油を買いに行くと、店へ入るなり女将さんが、「小瓶、ありますよ」と言うので、「いや、今日は醬油」と笑った。

「今日ね、蟬の声、聞いたんですよ。今年、一番の蟬」

女将さんが会計の手をとめて、そううれしそうに言うので、僕は思わず、「おめでとうございます」と拍手を送った。玉川上水の雑木林は豊かで、コゲラやアカゲラなどのキツツキやカッコウ、ウグイスなど、いろいろな鳥たちが棲んでいる。そして夏は、ニイニイゼミ、アブラゼミ、クマゼミ、ヒグラシ、ツクツクボウシ、とひと通り蟬がなく。

もうずいぶん昔のことだが、僕は一番蟬に感動したことがあった。上京したばかり、まだ十八歳の頃だった。僕は八王子の美術大学へ入学すると、大学の敷地内にある学生寮に住み始めた。寮は鉄筋四階建てで殺風景な外観だが、部屋は板敷きの床で、木製のベッドもついていて、西洋のホテルの部屋のようななかなかいい雰囲気だった。大学のある場所は八王子駅からバスで峠を越え三十分ほど山に入ったところで、近くには羊の放牧場などあって、田舎の風景が広がっていた。寮の部屋の窓から見えたのは、山と畑、それから空だけだった。九州の郷里にいた頃、東京といえば、東京タワーや新宿の高層ビルなどを想像していたから、ここは本当に東京なのかと戸惑った。しかし都会への憧れがあったわけではない。北九州の工場群ばかり見て育った僕には、山や木の緑に囲まれて暮らすのは、はじめての体験で、ただ新鮮で、ここから見える景色をとても気に入っていた。

七月の夏休みになると、寮生たちはみんな郷里へ帰省したり、合宿免許をとりにいったりしてほとんどいなくなった。何人か残っている者もいたが、みんな朝からアルバイトに出かけ、昼間、広い寮の建物のなかは、僕と住み込みの管理人の老夫婦だけになって実に静かだった。

二〇二〇年七月
伊三夫

高校時代のおわりに、どこか暗い雰囲気が漂う美術予備校に通い、試験を受けてようやく美術大学に入学した僕には、まだ何がやりたいのかもわからず、かといってやるべきだろうというあせりのようなものもなかった。おかしなことだが、自分で志望しておきながら、なぜ美術大学に入ったのだろうか、と思っていた。どこへも行かず、何にも関心を持たず、僕は毎日じっとただ寮の部屋にいて、夜、眠たくなったら寝て、朝は目が覚めたら起きるという、動物ではなく植物のような暮らしをしていた。ただ、朝食と夕食は寮で出されたが、昼食はなかったので、オートバイに乗って町まで食べに行かねばならなかった。そのほかは珈琲の豆を挽いて淹れ、本を読むか、レコードを聴くくらいしかやることはなく、あとはただ窓の景色をぼんやり眺めて過ごした。まだ東京に友達らしい友達もなかった。僕はこれまでのことと、これからのこととの間にぽっかりとできた空間に、何の力も意思も加えずに、自然のなすがままに身を置いてみるつもりでいた。そのとき梅崎春生の「桜島」を読んだことを覚えている。

そうしたある日、ベッドに寝転がっていると、山々の緑に声を突き通すように、静寂を破って一匹の蟬の声が響いたのである。子供の頃は、夏になると毎日のように蟬とりに行ったし、その後も、夏が来るたび蟬の声は聞いていた。しかし、その蟬がいつ鳴き始めるかなど気にしたことはなかった。翌日からだんだんと蟬のなく数がふえて、夏らしくなっていく様子を静かに感じていた。

僕は、はじめて一人ですごしたその夏、もともと自分に備わっていた本能と向き合おうと、耳をすまして沈黙していたのだ。それからずいぶん時がたった。ときどきふと、あの最初に鳴いた蟬の声のことを思い出して、そのときの自分に何か言うために絵を描いているのではないかと思うことがある。

（7月15日水曜日）

石田千から
牧野伊三夫さんへ

梅崎春生、七時半

牧野さんからお便りが届いた翌朝、初蟬をきいた。その午後からずっと、いまも雨がつづいて、そのときどきりになっている。

学生時代に、梅崎春生を知っていたなんて、すごいなあ。文学部に進んだというのに、らっぱばかり吹いて、課題いがい、まるで本を読まなかった。方言を勉強しようと進んだのに、必修科目は源氏物語や古事記や漢文ばかりで、つまらなかった。毎日さぼって、屋上や代官山の公園で寝ていた。

梅崎春生に、特別な思いがある。その名と作品は、会社勤めをしていたころ、三十路をすぎてから講談社文芸文庫で知った。それから、勤めをやめて仕事をするうち、四十路も後半になって、母校の小学校を訪ねることがあった。そのときに、校歌の作詞者が、梅崎春生先生と知った。

豊玉南小学校には、三年生までしかいなかった。けれど、一年生のときに、大好きだった今井よし子先生と歌った。

豊玉南小学校校歌　　作詞梅崎春生　作曲平井康三郎

淡青色の　遠い山から
水さらさらと　かがやき流る
むさし野の土　ゆたかに肥えて
若木はそろって　梢を伸ばす
　何の木ぞ
　われらここに生れ
すこやかに　われらはそだつ
　豊玉南小学校

梅崎春生は、近所に住んでいた縁とのこと。平井康三郎というかたは、童謡とんぼのめがね、スキーの作曲者。校歌も、冒頭の、うーすあおーいーろーのー。いーのところで、すーんと音が高くなる。とんぼのめがねやスキーの、きもちよく上昇する旋律とすこし似ている。いっしょうけんめい歌ったから、校歌で唯一、そらでうたえる。

わーれら、こーこに、うーまれー。うたいながら、昨夜の皿やコップをしまう。洗って、かわかして、やっぱりそのまま。月曜日から、おもしろい観察がつづいている。

ワインは、ひと晩350ミリリットル、のみすぎ禁止のため、はかって、ガラスの片口にいれる。机に、水をいれたコップと大皿を置く。そうして、チーズをかじりながら、作って、のせて、食べていって、ごちそうさま。

いちばんさいしょにガラスを洗って、もう一杯の未練を絶つ。それから、皿やフォーク、あぶくをたてて洗い、すすぐ。そのとき、さいしょに洗って重ねておいた片口とコップが、みごとにくっついて、はなれない。ガラスなので、無理をしたら割れる。酔っているので、いったん放って、ほかのものを洗って拭いた。それから小一時間、あたためてみたり、氷をいれてみたり、水に沈めてみたりした。ぜんぶ、だめだった。

片口は、勤めていたころ、民芸店で買った。コップは、さらにまえ、ひとりぐらしを始めるときに買った。業務用で、落としても割れない。手吹きのいびつな片口に、微妙な角度で、武骨なコップがはまっている。このままでコップとして使うには、重たい。花入れにでもするか、それより、なんにも用をなさないほうがおもしろいか。そうして、偶然のオブジェは誕生した。

ある。

火曜日の晩からは、計量カップが片口になった。水のコップは、もうひとつている。ワイングラスのとなりに、偶然のオブジェも置いて、ながめて食事をしている。そうしているうちに、なにかのはずみで、はなれて、また実用にもどるかもしれない。未練をこめて、毎晩洗う。

大学の授業で、いちばんおもしろかったのは、月曜日5時限めの美学だった。がらんとした、でっかい階段教室で、谷川渥先生に教えていただいた。

……シュールレアリズムではありません。シュルレアリスムです。

谷川先生の声は、いまも耳のなかにある。

長梅雨や校歌諳んじ皿洗う　　金町

（7月17日金曜日）

牧野伊三夫から
石田千さんへ

ナマコ

庭のいちじくが葉のつけ根のところに小さな青いマラカスのような実をつけた。僕の気持ちを察するかのようにぐんぐん成長して、夜ふけの眩しい外灯の光を葉で覆い隠してくれて以来、このいちじくと気持ちが通じ合っているような気がしている。そのうちに実が熟したら、ひとつ、大好物のコンポートにしてみよう。

千さんの通った練馬の小学校の校歌を調べていて、梅崎春生の「蜆」という短篇小説を朗読する動画があるのを知った。戦後の闇市などが登場する五十分ほどの長さのもので、読み手の日高徹郎さんの朗読が実に魅力的で、ひきこまれるように聞いた。他にも、日高さんが朗読する太宰治や夏目漱石、島崎藤村などもあって、続けて聞いている。昨日は北條民雄の「すみれ」を聞いた。これは山奥に住む爺さんが、妻を亡くした後、子どもも都会に出てしまって独りぼっちになり、家の庭に咲くすみれの花と会話するという、せつない話だった。

先週のおわり、福岡のデザイナーの梶原道生君から絵の依頼の電話がある。彼の郷里の天ヶ瀬温泉を流れる玖珠川が豪雨で氾濫してひどいことになっていて、支援を呼びかけるためにTシャツを作るので、絵を描いてほしいとのこと。天ヶ瀬は九州の九重の山々から日田市街へぬける国道210号線から細い道へ入ったところの玖珠川の川岸にある小さな温泉町だ。川原のごつごつした大きな岩がころがっているところに露天の温泉が湧いている。開湯したのは、千三百年も前だという。昔ながらの温泉町のひなびた風情が漂うこの温泉町で、僕は旅館の窓からスケッチを描いたことがあった。採炭地に近いことから、昭和四十年代は炭鉱町から来る客などで大いににぎわったが、炭鉱の閉山とともに徐々に客足が減っていき、最近は韓国人観光客を呼び込む努力をしていたらしいが、それも日韓関係の悪化できびしい事態となっていた。そしてさらに、コロナが追い討ちをかけることになる。きびしい状況からなんとか立ち直らねばならなかったが、そこに、町全体を押し流す今回の豪雨がやってきた。まさにふんだりけったりである。

いま地元のボランティアの協力で、日々炊き出しをしながら二階まで浸水した家屋や旅館の泥の撤去作業をしたりしているのだという。梶原君の話をききながら、僕はこういうとき、絵描きはどんな絵を描くべきであろうと考えていた。支援とはいえ、Tシャツであるから、人が着たいと思うような絵を描かなければならないだろう。考えた末、この温泉町の看板である川原に湧く、のどかな露天風呂の景色を描くことに決めた。が、なかなか

あまみら
二〇二〇年
夏
伊三夫

事態は深刻である。本当にそんな絵でよいのだろうか。どう話を切り出したらよいかわからない。それで、唐突に、「お湯につかった若い女の裸を描こうと思うが、梶原君は、どんな乳首の形の女性が好みか」と、わざと馬鹿なことをたずねてみる。ちらっと、まじめに考えろと叱られるかもなと心配もした。しかし声をたてて笑ってくれたので、ひとまずほっとする。

それから一週間ばかりして、太陽と九重の山々、露天風呂などを抽象化して描いた絵を梶原君に届けた。僕はきっと大喜びするにちがいないと、送るとき、梶原君の顔を思い浮かべ、

「いやぁ、いいですね。こんな絵を描いてもらいたかったんです」。そう彼から言われて、「そう、それはよかった。遠くにいて何もできないから、まあ、こんな絵でよければどうぞ使ってください」というようなやりとりになることを期待していた。ところがである。梶原君はしばらく電話口で沈黙したのち、

「なんですか、このナマコみたいなの」

と、ひとこと言っただけなのであった。ナマコ…。いくらなんでも、ひどい。そもそも山の温泉町のためにナマコなんぞ描かないだろう。

僕は、落胆しつつも、描いた絵について丁寧に説明をしなければならなかった。そして

話しながら、たしかにナマコにみえるかもな、と思うのだった。そもそも抽象画というのは、見る人が自由に想像力をはたらかせることができるということが、その魅力である。だから九重の山々が、ナマコになったりもするのである。

（7月23日木曜日）

石田千から
牧野伊三夫さんへ

夏糸、21時40分

米を炊くのは、ふつかにいちどの昼か夜。炊きたてを、祖父母と父の写真にそなえてから、好きなだけ食べて、のこりは冷凍する。二合炊くと、二食ぶん冷凍になる。

炊いた鍋は、すぐに洗わず、使いきったほうがいい野菜と、ひたひたの水、塩をいれて、ふたたび火にかける。今夜はかぼちゃと玉ねぎだった。やわらかく煮えたらミキサーにかけて冷蔵庫にいれる。明日の朝、牛乳をいれてあたためる。鍋はだに残ったごはんが、いいつなぎになる。洗うのも、らくになる。

洗ってしまって、食後の運動のアイロンもかけてしまうと、なんにもすることがない。それでうれしい日もある。きょうは、そうじゃない。

編みもの教室を、ずっと休んでいる。課題の丸ヨークのセーターも、身頃の半分でとまっている。しばらくは行けないから、押し入れにかたづけてしまった。まえよりパソコンにむかうようになって、目がしんどい。編みものからしばらく遠ざかっていた。

課題を編んでいるときは、これが一生つづくのかもしれない。いちどくらい、思い切り好きなものを編んでみたいと思っていた。それなのに、いざそうなったら、なにから編んでいいのか、手につかない。ながい日課をうしなえば、趣味でさえ、こうなる。定年を迎えたかた、いま通勤できないかたのとまどい、いかばかりと拝察する。

夏の糸で、ちいさいものを作ろうか。押し入れから在庫の糸を掘り出すと、ずっとだいじにとっておいた卵色と若草色の木綿糸があった。さっきベランダで、きいろい蝶を見たのは、これを編みなはれということだった。

いまの教室のまえに、友だちに誘ってもらい、ニットデザイナーの先生のアトリエに通っていたことがある。月にいちど、二度のときもあった。課題ではなく、好きなものを編んでいい。多いときで、五人くらい。生徒さんはご近所の奥さまが多く、先生がデザインされたセーターや小物を習うかたが多かった。

それまでずっと自己流で編んでいて、指の動きをまちがえて覚えていた。先生は、さいしょの回にそれを見つけて、正しい動きを教えてくださった。それからもう10年よりすぎたのに、フォームの矯正はいまも続いている。長くなじんだ誤りは、なかなか身から離れていかない。

アトリエには、草木染め、オーガニックコットン、シルク、からだによく発色のよい糸がならんでいて、量り売りでわけていただける。高価でなかなか手が届かなかった。いちど、友人の出産祝いに、先生がデザインされた赤ちゃんのカーディガンを編んだ。見つけたのは、そのときの残り、奮発したイタリアのオーガニックコットンだった。

たのしく通ううち、友人たちは忙しくなって、ひとりの日が増えた。それでもたのしく通ううち、先生が長くご旅行に出られることになって、教室がお休みになった。お帰りになったとき、旅のおはなしとお土産にルルドの泉のお水をいただいた。そのあと、教室はお休みがちになった。旅のお疲れがあるようだった。

いちど、時間をまちがえてうかがって、せっかくきたのだからどうぞと入れていただいた。

そのときも、ちいさなものを編みたいといった。先生は、旅さきの乗りもので便利だった指なし手袋の製図をわけてくださった。製図は、まっすぐ編むだけ。けれど上質な細い糸で編んでいくから、根気がいる。針は、いちばん細い

0号。細い糸で編むと、手を入れたときに気もちがいいのよね。細い針と糸に苦戦して、あわててくるのをながめて、先生がのんびりおっしゃった。

……千さんは、もうすこしお続けになったほうがいいと思いますよ。友人たちは、仕事が忙しくなってお休みがつづいている。お教室も、お休みがちになって、いつまでも通ってきて、ご迷惑かもしれないと思っていたのを読まれたようで、びっくりしたのを覚えている。

その夏に、先生はお亡くなりになった。旅のお疲れではなかった。知らせをきいた日、きれいな蝶を見て、華やかでかろやか、ふわふわした声の先生みたいと思った。教室の生徒さんたちも、その日に蝶々を見て、先生がきてくださったと思ったと、あとできいた。

もうすこしお続けになったほうがいいと思いますよ。先生がいってくださったから、あたらしい教室に通いはじめることにした。上達しているのかどうかも、あやしい。計算力も根気も、弱るばかり。

夏の糸は、三角ショールの分量があり、似あいそうなひとの顔も浮かび、日ごろのお礼に編んでみる。

ひとりで部屋にいる時間がながいのに、いろんなひとと毎日メールするのに、だれかを思う時間は減った。いろんな声とことばが、耳のなかに残ったままになって、よい策もなんにも浮かばず、出ていかない。編みものから離れたからと、手を動かして気づいた。

家族と住んでいたころ、もやもやを抱えると、ピアノにむかった。一曲弾くと、もやもやが軽くなる。思春期にピアノがあったのは、幸せだった。編みものも、ピアノのように、ひとところの時間が宿る。

あとひと目もう一段と夏の夜　　金町

（7月24日金曜日）

牧野伊三夫から
石田千さんへ

二十年を振り返る

画家仲間たちと『四月と十月』を創刊して、今年で二十一年になる。名前のとおり、毎年、新年度がはじまる四月と、秋の展覧会シーズンである十月に刊行する美術同人誌だ。一時期、千さんも同人に名を連ねていたことがある。創刊のとき六名だった同人は、現在は二十二名にふえた。毎号会費とわずかな売り上げだけで運営していて、同人以外にも編集、デザイン、執筆、経理、倉庫、ホームページなど、それぞれ担当がいる。これまで続けてこられたのは、ほぼボランティアに近い報酬で協力してくださっているスタッフたちのおかげである。

その創刊二十周年を記念して、昨年、同人たちと東京、名古屋、大阪、北九州、盛岡を巡回するグループ展の計画をたてて準備をすすめていたが、コロナですべて来年に延期となった。展覧会には、一人三点出品することになっていた。搬入日が近づくにしたがって同人たちはひどく緊張している様子で、僕も、毎日アトリエで絵をつぶしては、また絵の具を塗り重ねたりして苦悩していた。しかし延期が決定すると、その緊張感がぷつんと切

れた。

　僕は、この同人誌に旅先で描いたスケッチや、そのときどきで思いついた画想などを載せてきた。それらはアトリエで仕事をするときのための日記のようなものであった。二十周年を機に、ここらでひと区切りしてみようと、これまで載せたなかからいくつかを選んでカンバスに描くことに決めて、搬入日までに三点を描き終えていた。搬入を待つ作品が出ていかず、そのままずっと家にあるなどというのははじめてのことで、なんだかバツの悪いような妙な気持ちになった。お嫁に行ったはずの娘が、まだ家にいて、朝から庭を掃いたり台所でみそ汁を炊いたりしているような感じとでも言ったらよいか、なんだか落ち着かないのである。仕方なく居間の壁にかけて、晩酌のたびに眺めていた。

　そのうちに、こうしてしばらく自作を手元に置いて楽しむのも、なかなかいいものだと思いはじめた。娘を嫁に出すことばかりが親の役割ではないかもなと思う。それに、予定通り展覧会が行われていれば、いまごろは四会場目となる北九州の画廊にいて、来客や仲間たちといつものごとく大酒を飲んで、そろそろ巡回展の疲れもでてへたばっていただろう。たまには、こうしてアトリエに静かにこもっていることも、絵描きにとってはよいことのようにも思えてきた。

　一作目のタイトルは「太陽と木と電柱」。これは二〇一一年四月の『四月と十月』に掲載したボールペンで描いたスケッチをアクリル絵具で描いたもの。その頃、国分寺の家から玉川上水まで、毎朝散歩に出ていたのだが、途中に畑の中を通る道があった。そこで僕はよく、季節の野菜や麦わら帽をかぶって作業する農夫の姿を眺めていた。朝収穫した野菜を売る小さな小屋もあって、そういう景色が実にのどかで好きだった。冬の日などは、畑越しに遠く秩父や奥多摩の山々を望むこともできた。欅の巨木や孟宗竹の林に囲まれた、イギリスのコッツウォルズ地方にあるような屋根に煙突を立てた立派な地主の家があり、僕は「イギリスの家」と呼んでいた。そのころ僕は、陽のあたらない狭い家に住んでいたから、いつもうらやましく思ってその家を眺めていた。

この道の上の空はひろくて、一日中太陽をさえぎるものがなかった。僕は、この太陽が空を横切って、畑のむこうまでいったら今日も終わりなんだな、と立ち止まって太陽に向かい、深く呼吸をしたり、手を合わせてたりした。そうしていると、よけいな思いが光に散っていくようだった。

（7月28日火曜日）

石田千から
牧野伊三夫さんへ

12時半、つみれ

梅雨が明けて、夏休みの音になった。蟬が元気になって、子どもがうれしそうに笑って、工事現場のドリルも、からっと響く。

明けまして、おめでとう。

冷蔵庫の扉をあけて、ギネスをいれる。梅雨明けまではがまんして、常温でなめていた。それからかがんで、冷蔵庫の深い引き出しをあける。たいして詰めていないのに、さがすのに苦労する。

置き場があるのは、氷と酒粕のかたまり、食パン。

このごろは、肉や魚の塩麴漬けもある。あとは、溶けるチーズ、ハムかソーセージ、つみれ、ちくわ、あぶらげが常連さんで、なくなると補充する。

灰いろのまるっこいつみれは、冬はおでん、夏場は汁ものに使う。だしいらず。塩でも、しょうゆでも、みそ味でもおいしい。じゃがいも、なす、長ねぎがよくあう。それだけだと、すっきり。あぶらげが入ると、まるくなる。色あいが沈んでいるので、しょうがと、ねぎを斜めにきざんで、のせる。七味をふれば、あかるい。山椒もいい。柚子胡椒は、もっといい。

冷凍したあぶらげを、板チョコみたいに割って、水からゆがく。これで、冷凍庫のにおいが消えると思っている。

まえに牧野さんと飛騨高山に取材をしたとき、宿の朝食で、あぶらげのはしになった。牧野さんは、あぶらげはにおいがつくから、冷凍しないといわれた。料理上手だから、油抜きはされるだろうから、ゆがいても気になるんだな。繊細な鼻に、おどろいた。

その日いちにち、自転車で町をめぐりながら、牧野さんとあぶらげについて、思いかえし、えんどう豆のお姫さまの話にたどりついた。旅のとちゅうによそのお城に泊めてもらった。お姫さまは、100枚かさねた布団のいちばんしたに、えんどう豆がひと粒しこんであるベッドに寝かされる。

翌朝、ふとんのしたに、かたいものがあって、寝られなかったという。それで、ほんもののお姫さまと証明されて、お妃さまになって、幸せになりました。そんな、不思議なはなしだった。そういうわけで、冷凍のあぶらげを割るたび、牧野さんとお姫さまが、腕を組んであらわれる。

しろめし、味噌のつみれ汁、ぬか漬け。真夏の昼をならべる。つみれを冷凍してまで食べるようになるなんて、お姫さまごっこをしていたころには、思いもしなかった。

給食の、アルミバケツのなかに浮かんでいた。

おでんのなかで、いちばん人気のないのが、灰いろのつみれで、当番のときは、ずるして、いれずに食べていた。焼いたいわしは、よろこんで食べていたから、やはり灰いろがだめだった。

ああ、おいしい。おいしいのにねえ。いつかの子どもに、いってみる。

食べるだけで、ひと汗かいた。涼みがてら、冷凍庫を掃除したら、さつまあげを一枚、ほんのすこし残っていたミックスベジタブルもあった。さつまあげは、夕方のビール。ミックスベジタブルは、明日の朝ゆがいて、小鉢に入れて、たまごを落として蒸す。買い出しをして、たくさん食べもののある日より、残っているものをやりくりするほうが、ずっとたのしい。

肉やさんは、夕方のぞいて、ひときれ残っているものを、みんな買う。濃いめの塩かげんでゆでて、肉とスープにわけてしまう。こちらは、ミックスミート。ちゃんと火がとおって、塩も決まっているので、野菜と蒸し焼きしたり、カレーにしたり、便利に食べている。

カレーと書いたら、カレーを食べることになる。香辛料に凝ったときもあったけど、このごろは、カレー粉をふって、トマトと煮るくらい。味噌汁をつくるくらいの手間にして、いちどで食べきる。

牧野家のカレーは、いかがですか。

汁椀に山椒ふりかけ梅雨じまい　金町

（7月31日金曜日）

8月

牧野伊三夫から
石田千さんへ

名曲喫茶でんえん

千さんから聞かれて、あらためてわが家のカレーについて考えてみると、大きく四つのタイプがあった。それぞれ「学食のカレー」、「そばやのカレー」、「丸元カレー」、「マダガスカルカレー」と呼んでいる。

学食カレーというのは、市販のカレールーで、箱に書いてある作り方に忠実に作るカレーライスの王道。この「普通の味」が僕はとても好きだが、ときどき酒のシメ用に手を加えることもある。じゃがいもを入れず、玉ねぎを五個ばかりとにんじん、豚肉、レシピの二倍ほどの水を入れて塩で味をととのえたものだ。食べるときにピーマンを小さく切ってのせるのだが、こうしてスープのようなしゃびしゃびのカレールーにすると茶漬けのようで、酒のあとに食べると実にうまい。

そばやのカレーというのは、そばつゆにカレー粉を加え、水溶き片栗粉でとろみをつけたもの。めしにかけてもうまいが、そばやうどんなどの麺にかけたり、カレー南蛮にしたりしてもいい。

丸元カレーというのは、丸元淑生さんの豆と野菜のスープをベースにカレー粉を加えたもの。マダガスカルカレーは、マダガスカルを旅したときによく食べたアクールーニという鶏肉と生姜のスープにカレー粉を足しただけのカレーだ。ニンニクや酒、ブイヨン、ローリエなどインドカレーや西洋のスープに用いる香辛料などを一切入れない鶏肉と生姜、塩、カレー粉だけの素朴な味である。スプーンで皿に山盛りにしためしにかけて、豆板醬をつけながら食べる。

カレーを作るために台所にはつねにSBの大きなカレー粉の缶、それにレッドペッパー、カスーリメティ、コリアンダー、チリパウダーなどカレーの専門店で買ってきた香辛料の粉の瓶が置いてある。肉の煮込みや魚介の酒蒸しなど作るうちにこのようなカレーの香辛料を加えたくなり、いつのまにかカレーになっていた、ということもよくある。蒸し暑かったり、頭がもやもやしていたりすると、自然とカレーへと心が向いていくのだ。

巡回展のために描いた二作目のタイトルは「名曲喫茶でんえん」。

国分寺に古くからあるこの喫茶店では、コーヒー券を何枚か買うと、壁に絵を展示させてもらえる。会社をやめて画家としてやっていくことに決めた一九九二年の年の秋、僕はここで初めての個展を行った。かつて美作七朗という熊本出身の画家が設計した店で、その頃この喫茶店の俗世間から逃れるかのような、ひっそりとしたたたずまいに憧れて通っていた。古い大きなスピーカーからショパンの「夜想曲」など流れてくると、どこか芸術の魂にふれているような感じがする。出品した絵は水彩画十二点で、これは毎日、朝から弁当を持って近所の小金井公園や野川公園へ出かけ、照りつける太陽の下で樹木を描いたものだった。なかには夕立ちの雨粒で絵の具がにじんだ絵もあった。

出した案内状を見て来廊してくれた人は二十〜三十人ほどではなかっただろうか。会期中、お客がほとんど来ないので、僕は一日中、店のソファに座ってコーヒーをおかわりして本を読んでいた。個展が終わり、わずかに来廊してくださった人々にお礼の絵葉書を出すことにした、そのために何枚かの鉛筆のスケッチを描いたのだが、なかなかいい絵ができたのでいつかカンバスに描きたいと思って残しておいたのである。今回ようやくアクリル画にすることができたが、スケッチを描いてから二十八年もたってしまった。

（8月6日木曜日）

石田千から
牧野伊三夫さんへ

絵皿もりあわせ、18時

牧野家のカレーは、さすがでした。マダガスカル、おいしそう。日本全国、南国となっている。暑いときは、暑い国の食べものに、対処の知恵がある。勤めていたころは、青山一丁目に通っていた。うちのカレーは、そのころよく食べていた、バングラデシュ料理店の、バングラカレーをお手本にしている。じゃがいもトマト、ピーマン、キャベツ。みそ汁のように、しゃばしゃば。さっぱり辛い。

駅は、おおきなビルの地下にあり、飲食店やブティックをながめつつ、地上に出る。

おそばの黒麦、ビールのライオン、直久ラーメン、洋菓子のルコント、虎屋。弁当持ちで、通うほどではなかったけど、少数精鋭の店がならぶ。

ブティックは、目の保養。植田いつ子さんのショーウィンドウの華麗なドレスは、毎日朝夕見学していた。毛糸の四つ葉屋と流水書房は、昼休みのお楽しみだった。

たのしく働くうち、いっしょに働いていたかたが、結婚退職されることになった。お祝いの希望をきいたら、駅ビルのなかのお店の洋食器とのこと。まえを通っても、縁がないと、いちども入ったことがない。ほしいものは決まっていたので、仕事のあとで、ふたりで買いにいった。

フランスの、絵の楽しいものが多い。軽くて、色がきれいで、やわらかな陶土。いかにも高級という感じがなく、それがいかにも、趣味のいい花嫁好みだった。

……いつか、欲しいと思っていたの。ありがとう。

うっとりよろこばれて、なんだか照れくさい。支払いをして、同僚が配送の手続きをしてもらうあいだ、店内をながめ、予約受付中のお皿を見つけた。

きいろいお皿の中央に、黒髪美女がふりむく。背には白鳥をしょっている。ふちには、みどりの蛇や、羽のない、ローストチキンになるような鳥。なんともふしぎ、なんともすてき。ゴーギャンの写し、レダと白鳥の絵。ギリシャ神話のレダもゴーギャンがかくと、タヒチの娘さんにみえる。

まるっこいフランス語もあり、署名だけ、わかった。ひと目で、いつかと憧れるいとまもなく、どうにもほしくなる。

さいわい、発売はふたつきのち。夏のサンダルをあきらめ、大中小あるうちの、まんなかのお皿を二枚買うことにした。

いらい、30年。ひとつ欠けがあるけど、夏になれば、やっぱりゴーギャン。ことに、くたびれた晩は、この一枚に肉も野菜も魚もチーズもぬか漬けもプルーンものっけて、いただきます。

もりあわせをもりもり、パンをかじる。

だまって食べおえ、ひとも、白鳥も、へんな鳥も蛇もいる楽園を思う。いろんなものと、いっしょに生きているんだからね。

グラスひとつ、皿ひとつ、さっさと洗って、ふとんにもぐる。そうして、あたらしい朝がきたら、ラジオ体操をする。

夏に負けタヒチのレダに助けられ　　金町

（8月7日金曜日）

牧野伊三夫から
石田千さんへ

国分寺風景

千さんがゴーギャンの絵皿のことを書いていたのを読んで、この画家への憧れが蘇ってくる。

僕の手元にある大正十四年（一九二五年）に山崎省三によって書かれた本のタイトルは「ゴーギャン」ではなく「ゴーガン」となっている。まるで岩のような名前だ。全百二頁のこの本の大半は、デッサン、油彩画、レリーフなどの作品が見開きに一枚という贅沢な割り付けで載せられているが、活版印刷の古い書物であるため、どれもボンヤリしている。その古めかしい感じは、僕好みである。途中に、ステファン・マラルメの「委《くわ》しく陳べる代わりに暗示せよ」という気になる言葉が添えられている。日本の画家たちがフランス近代芸術の影響を強く受けた大正末期、ゴーギャンはこんなふうに紹介されたのかと興味深く思いながら頁をめくっていく。

初期のパリ時代やポンタヴェン時代は柔らかい色調のふわふわとした印象派風だった絵は、タヒチへと移り住んで変貌していく。ゴーギャンはゴッホと一緒に南フランスの田園

風景のなかで絵を描くだけでは物足りなかった。南フランスでゴッホとの友情が破局したとき、すでに彼の頭のなかにはタヒチがあったのだろうか。

株式取引所の仕事をしながら家族を養い、日曜画家として絵を描いていた彼が、その仕事をやめて画家に専念するようになるのは一八八三年、三十五歳のときで、本格的な放浪の生活のはじまりでもあった。八年後の四十三歳の夏、一回目のタヒチ上陸をして、三十歳年下の原住民の娘を現地妻に迎えている。当時、フランスからタヒチまでは船で三ヶ月から五ヶ月かかったという。その後、ひとたびフランスに戻ったが、四十七歳でふたたびタヒチへ向かい、最晩年は、そこからさらに千五百キロの洋上にあるマルケサス諸島に小さな小屋をたてて移り住み、二年後の一九〇三年五十五歳、心臓発作で死んだらしい。僕は本を読むまで、てっきりタヒチ島で死んだのだと思っていた。代表作「われわれはどこから来たのか？われわれとは何か？われわれはどこに行くのか？」は、死の六年前に描かれた作品で、翌年彼は自殺を企てている。妻や友人たちに宛てた手紙をまとめた書簡集『ゴーギャンの手紙』（一九八八年美術公論社刊／東珠樹訳）によると、放浪生活をしながらの創作活動は苦労が絶えなかったようで、読んでいるところまで苦しくなってくる。

僕がこの画家に興味をもつようになったのは、二十代の頃にタヒチの紀行を記した岩波文庫の『ノア・ノア』（一九三二年初版）を読んだからだった。一等の文明国から美しい楽園のような南の島に移り住み、孤独に原始と向き合った彼のどこか暗鬱とした雰囲気の漂う作品群に強く惹かれた。南の島への憧れの強かったそのころ、画家を志す自分もいつかそんな文明社会から遠く離れた場所に移り住むことになるのだろうかとボンヤリ考えたりもした。彼にとってタヒチとはなんであったのか。この画家についてもっと知りたく思って画集などの書物を買い集めていたときに、旅先のパリの古書店で彼がタヒチの原住民マオリ族の文化について記した本を見つけた。フランス語が読めないので何が書いてあるのかさっぱりわからなかったが、絵日記のような本の挿絵から、生々しくタヒチでの暮らしの様子を嗅ぎとることができた。しかし、僕のゴーギャンについての研究はここまでである。買い集めた画集などを書棚に並べて、なんとなくわかったような気になっているだけである。いつかタヒチを訪ねてみたいと思う。

巡回展の絵の三作目のタイトルは「国分寺風景」。

あるとき散歩の途中で、国分寺駅近くの中央線にかかる花沢橋の上で線路を見おろし、カバンからメモ紙とボールペンをとりだして描いた。何かとくにこの風景に思い入れがあるというわけでもなく、ふと描いてみたくなったのである。僕は散歩中に偶然見かけた家の庭木だったり、公園の景色だったりを、そんなふうに描きたくなることがよくある。想い入れがある景色だとかいうものは、なんとなくわずらわしくて避けてしまう。偶然目にした風景から、ふと何かを感じとって、描きたいと思えたら、それで十分なのである。ただそのとき、そこにあったなんでもない景色でよい。そしてまた、自分も、同じく誰も知らない無名の画家のままでありたいと思う。

（8月12日水曜日）

石田千から
牧野伊三夫さんへ

憧れ、16時

牧野さんの前回、ポン・タヴァンのことが書かれていて、夏の半日をすごした旅を思い出す。

坂崎重盛さんの、取材旅行のお供でブルターニュ地方をめぐった。日本人4名、幹事さんの仕事仲間のフランス人男性が、通訳と運転をしてくださった。車を降りたら、全員自由行動だった。美術館は、残念ながら改装中のようで、なんの下調べもしないで出かけて、ぶらぶらして、横縞のTシャツを一枚買っただけ。小川ぞいに、ゴーギャンがスケッチをした場所なんていう案内があった。画材店や、ギャラリーが多かった。

ブルターニュも、とても暑かった。日なかは、いまの東京ぐらい。ただ、夜になると、ぐっと気温が下がる。上着やスカーフが必要で、これは、ポルトガルもそうだった。青森や岩手の気候に近いかもしれない。りんごの産地というのもおなじ。テラスで、どんぶりにはいったシードルをすすった。

それにしても、世界じゅうで画家が暮らせてきたことは、なんと不思議なこと。だれかに望まれなるわけでもなく、お金になるほうが、まれなのに。文章を書く仕事は、もちろん、さらなり。

蟬の声があるうちは、目覚ましをかけない。5時になれば、盛大にはじまる。西日が強くなったいまも、となりのおうちの茶いろの壁に、たくさんくっついている。木とまちがえているなら、かわいそうに。

洗濯して、掃除して、日が暮れて。立秋をすぎたら、やはり日は短くなった。この夏は、ひと気がすくないから、鳥も虫も、ひときわ活発でうらやましい。ひとは、涼しいところで、ぼんやりながめているだけ。

牧野さんは、ゴーギャンに憧れている。それなら、憧れの書き手はだれかな。ただ仰ぎ見るばかりで、考えたことがなかった。中学のころは、太宰治と星新一の文庫をつぎつぎ読んだ。

母がクロワッサンという雑誌が好きで、向田邦子さんがよく登場されていて、すてきなすがたを見ていた。やはり文庫をつぎつぎ読んだ。つぎつぎ読むのは、夏休みだから。両親は、本を買うお金は、いつでも出してくれたから。もうおひとり、おなじクロワッサンで、宇野千代さんも知ったけど、宇野さんの文庫は、よくわからなかった。どんどん読むようになったのは、就職してからのことで、憧れの小説をあげるなら、迷わず宇野千代のおはんと答える。きらきら澄んだところと、嫉妬という濁り。憧れは、日々を生きるために必要ではないけれど、ひとの奥底にひそみ、陰ひなたのこころをふちどる。

そのことを、もっとも教えてくれた小説は、木崎さと子さんの青桐だった。高校生の夏、親戚の家の本棚にあった文藝春秋をめくっていて、見つけた。西日の座敷で、汗だくになって読んだ。

夏休み畳に腹ばい文庫本　　金町

（8月14日金曜日）

牧野伊三夫から
石田千さんへ

檸檬

朝散歩に出て、肌にあたった風に、もう夏が終わったなと知る。

今年は梅雨が長かったから、梅を干すのも遅れて盆のころになった。これまでよりも少し塩を濃くし、量も増やして六キロ漬けた。我家の一年分だ。干しあがる前のやわらかいのをひとつつまんで、晩酌の焼酎の肴にしたりして実に愉快であった。庭で梅の実が蟬の鳴き声を聞きながら、薄紅色のぶよぶよした丸顔を強い夏の日差しにさらしていた、あのときがまさに今年の夏であった。いまは、だんだん濃い赤紫色のしわくちゃ顔になって、大樽の中でねむっている。この大樽には寒くなったら、大根や白菜を漬けるから、それまでに壺に移しておかねばならない。

昨晩はいくぶん暑さがやわらいだので、窓を開け放って七輪で串に刺した鶏肉を焼いた。そして焼酎の緑茶割りを飲んだ。少し肉を大きく切ってしまったからであろう、中まで火が通るまえに焦がしてしまった。やき鳥は、小さい方がいい。酒場へ行けないから、しばらく家でやき鳥の稽古などやることにしようと思う。

二〇二〇年 梅干し
伊三夫

千さんから憧れの物書きはと聞かれ、最初に思い浮かんだのは井伏鱒二だったが、井伏文学に通じているかといえば、まったくそうではない。単行本の箱入りの装丁が好きで、書棚に置いて満足しているだけであるが、筑摩書房から出た画集はときどきとりだす。僕は、井伏が着物姿で文机に座っていたり、旅館で釣り具をいじっていたりする、小説家としてのたたずまいに憧れているだけなのだろう。若い頃、井伏の「芸術至上主義」という言葉にとても共感していた時期もあった。

なにしろ文学にうといので、情けない話で、サリンジャーも永井龍男も、人からすすめられて読むうちにいつの間にか夢中になるというふうで、自分から読むことはなかった。さらに告白すれば、檀一雄も向田邦子も、『檀流クッキング』と『向田邦子の手料理』といった料理の本を読むほうが先だった。会社の先輩であった山口瞳でさえ、『血族』の前に『酒呑みの自己弁護』を読んだ。内田百閒も『御馳走帖』がさいしょだった。入口が文学でなかったことに何かうしろめたさを感じる。

太宰治に目覚めたのも遅く、三十を過ぎてからだった。『ヴィヨンの妻』という短編集を読んでからであるが、読みながらどうしてこんな面白い作家をこれまで読まなかったのかと、何か焦りというか、震えのようなものが体を駆け巡ったことを覚えている。それまで太宰をクスクス笑いながら読むものだとは知らなかったのである。この一冊でしばらく太宰に夢中になって、何度か桜桃忌に出席しようかと思ったこともあった。

憧れの書き手ではないけれど、心の奥底に梶井基次郎の『檸檬』は色あせることなくくすぶっている。美大の予備校に通っていた頃に同級生からすすめられて読んだ本であるが、ひどく衝撃を受けた。いまでも僕はこの作品に漂う憂いと狂気に似た喜びが、芸術の正体ではないかと思っている。アトリエで一人迷走して苦しいとき、この小説のことを思い出すと、なぜだか心おだやかになるのだ。

（8月19日水曜日）

石田千から
牧野伊三夫さんへ

モップ、16時から

あしたからは、解放されます。あと一日、がんばりましょう。

気象予報士さんが、励ましてくださった。涼しいと思ったときに、夏の疲れががっくりでたりもするので、そちらも気をつけて。このかたのお声をきくのを、毎朝たのしみにしている。

井伏鱒二と書かれてしまい、こまったなあ。最近のやりとりは、なんだかトランプ遊びをしているみたいです。

じつは、いままで読み通したのは、一作きり。それも、仕事として読んだ。

大学のころ、いつつ年上の兄と阿佐ヶ谷に住んでいた。そのころ井伏先生は、ご存命で、地元の図書館には、ご著書がずらりとならんでいた。代表作をひととおり借りてみたのに、読みかけのままで返却していた。こどものころも、井伏訳のドリトル先生はみんなの人気だったのに、読まずにすぎてしまった。

いつだったか、広島の福山文学館の展示を見にいった。井伏鱒二記念室があり、山椒魚のコーナーがあった。壁はごつごつでこぼこ、うすぐらく、水音がする。なかにはいると、きゅうくつな山椒魚のようすがわかるようになっていた。それで、せめて山椒魚は読まなければと思いつつ、きょうになった。

ハナニアラシノタトヘモアルゾ
「サヨナラ」ダケガ人生ダ

いま、この詩のとおりといいきるには、あまりにもさびしいなあ。

荻窪のタイトル書店で、牧野さんの作品と、窓辺のことの挿画の展示があった。最終日は、あとかたづけと、打ち上げ。荻窪の改札で待ちあわせ、牧野さんのご案内で、ちかくのとてもいいお風呂につかり、駅まえのもつ焼きのカウンターにならんだ。ガソリンをいれて、タイトルにむかい、かたづけ。こんどは、タイトルさま御用達のすばらしい中華やさんで乾杯した。風の強い晩で、帰り道のあちこちに、赤ちょうちんがぶんぶん揺れていた。耳のいたいほどさむかったけど、おふろとおさけで、ほかほか帰った。

夏のおわりの白昼に、冬の晩が、ありありと浮かぶ。いまは、とおい国の映画、よその星の出来事のようにも思える。こんなにへんてこな日々でも、脳みそは自由でいる。

けれども、日がみじかくなるにつれて、一日にできる用事がすくなくなっていくのは、なぜかしら。おなじ脳みそに、きいてみたい。自由は好き、用事はきらい。そう答えるかもしれない。

午前は家事、午後は買いものや編みもの。そんなふうにしていたのに、このところは、家事が午前で終わらず、夕方になって掃除機をかけたりする。夏場は洗濯ものが増える手間もあるけど、ぼんやりベランダをながめたり、ながい昼寝をしたり、しゃんと働かない。さいわい、食欲は落ちていないので、なんとか、だらだらしのいでいる。

編みものも、ウールは暑いし、夏糸はできあがるころには寒いだろうし、はかどらない。おさけの量がへり、眠たくなるのもはやくなった。

手が動かないと、頭も動かない。月金帳があって、ほんとうによかった。

牧野さん、上野さん、読んでくださっているみなさん、毎週ありがとうございます。

梶井基次郎の檸檬は、高校の国語の宿題で読んだ。そのときの文庫本に、レモンの絵があったか、どうだったか。いまでは、檸檬というと、安西水丸さんの、一本の地平線の、りっぱなレモンが見える。

うちで焼酎をのまないので、荻窪の晩からレモンサワーはのんでいない。

きっと牧野さんは、秘伝の配合をお持ちのことと思う。

いまは、15時57分。きょうは、昼寝をしないで動いている。洗たくをたたんで、モップがけをします。

令和二年みじかくきびしき夏おくる　　金町

（8月21日金曜日）

牧野伊三夫から
石田千さんへ

ひるねと詩人、画家

毎日、おひるを食べて、午後仕事をする前に昼寝をする。もうずっとそうしているので、おひるがおわると眠たくなってくる。昨日も籐の枕を引き寄せて蟬の声をききながら眠った。

目がさめて柱時計をみたら三十分ほどたっていた。いつもならこれで満足して午後の仕事をはじめるのだが、まだ寝足りないようで、また上まぶたが降りてくる。今日はどうしてこんなに眠たいのだろうかと思いながら、また眠った。

目が覚めると、ずっと板間で寝ていたせいで、背中が痛かった。それで体を横向きにすると、普段あまり見ることのない本棚の一番下に、福永武彦という人が書いた『ゴーギャンの世界』があるのが目についた。ああ、ゴーギャンといえばこんな本もあったなと、先日の千さんとのやりとりを思い出しながら這って手にとってみる。たしか僕はこの本を持っていたのに古本屋でまた買ってしまい、一冊を誰かにあげたはずである。気になる本であったのに、箱から出して開いてみると、一ページ、しかもその上段までしか読んでいなかったことを知った。そろそろ読まないとな、と書棚に戻そうとしたところ、隣にいつの間にか買っていた詩人の山之口貘の本があった。さて、こちらはどんな本だっただろう、とちょっと目を通すつもりで開いて頭のところを読んでいたら、面白くてとまらなくなった。茨木のり子が書いた『貘さんがゆく』という本で、「ルンペン詩人」「求婚の広告」などの章にまとめられ、山之口貘の魅力についてわかりやすく書かれていた。そのうち日が暮れて風呂に入る。

お湯からあがり七輪に炭をおこし、うるめいわしを焼いて酒を飲みはじめる。そういえば千さんから酎ハイの割り具合にこだわりはないかと聞かれていたのだが、たいしてない。金宮焼酎をホッピーや炭酸、緑茶などで割って飲むことが多い。氷を入れたコップに一升瓶から金宮を注ぐので、どぼっと出てきて割合が適当になる。徳利などの小さな器を使って丁寧にやればもっと正確に注げるのだろうが、床にあぐらをかいて、傍らにどんと一升瓶をすえて飲むのが好きなのである。飲みながら濃くしたり、薄めたりするが、ホッピーや炭酸など発泡のもので割るときは氷の隙間からいきおいよく注いで混ぜないようにしている。少しでも泡を残した方がうまいからだ。発泡しない茶や水などで割るときは、マドラーでよく混ぜ合わせてから飲む。ジョッキなどではなく、十オンスくらいの小さめのコップが好みで。酒場などへ行って焼酎を割るためのジョッキなどが出されたときでも、

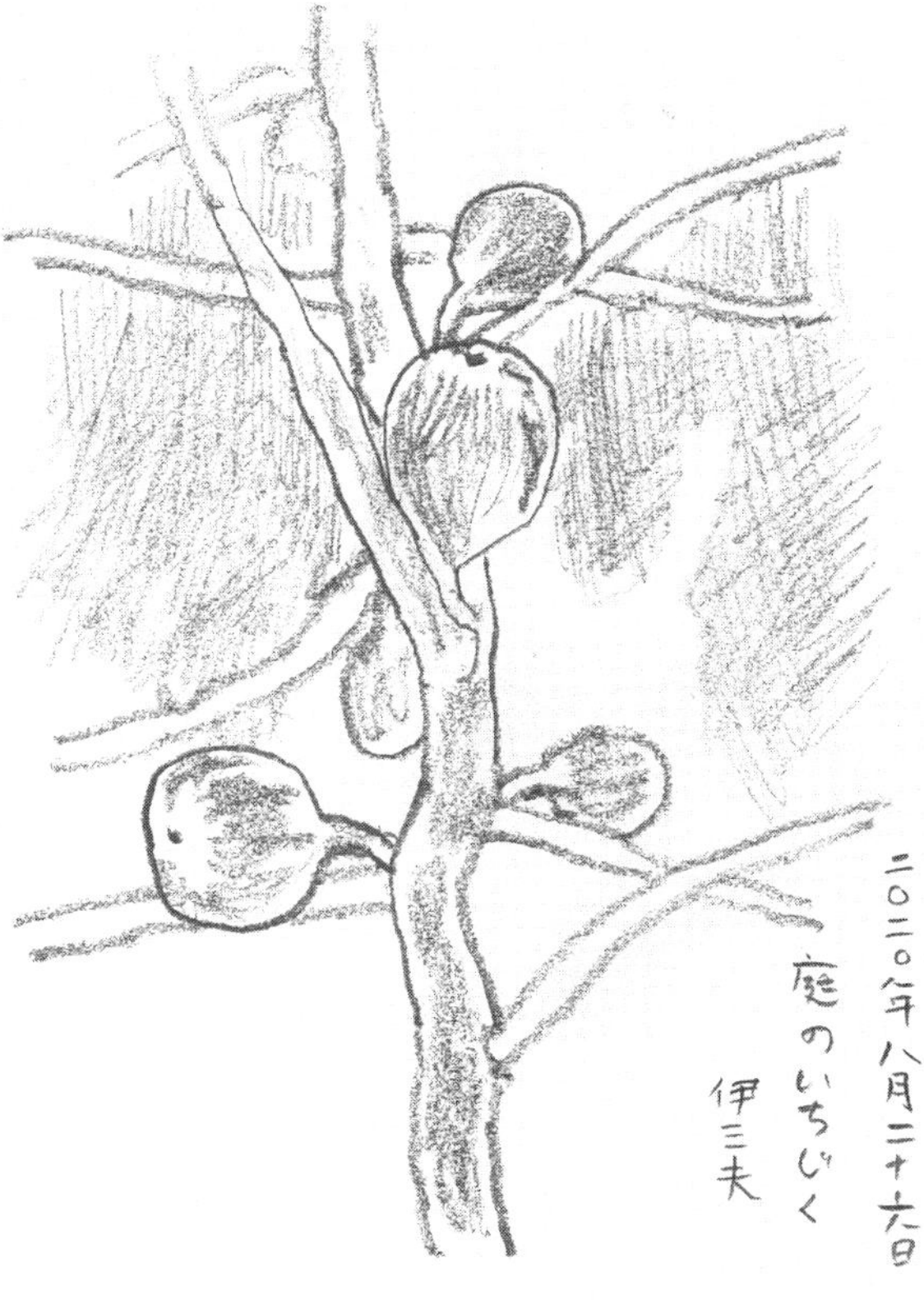
二〇二〇年八月二十六日
庭のいちじく
伊三夫

別に小さなビールグラスをもらう。大きなジョッキの底に、氷水なのか酒なのかわからない液体が残って、それを飲み干すのがどうにも嫌なのだ。

話はかわるけれども、ひさしぶりに国分寺の「でんえん」へ行くと、美作七朗さんの没後三十年を機に作られたという画集が売られていたので迷わず買った。美作七朗は画家で、いまはなき中野の名曲喫茶「クラシック」や阿佐ヶ谷の「ヴィオロン」、国分寺の「でんえん」の設計も手がけた。限定七百部でわずか一〇二ページの小さな画集だが、長い間、彼の画集を待ち望んでいたからうれしかった。僕は学生時代から中野の「クラシック」に入り浸っていた。薄暗い店内の、いまにもくずれ落ちそうな木の階段は歩くとギシギシ音がして、コーヒーのミルク壺にはマヨネーズの蓋が用いられていた。居心地がよくて朝から夕方まで八時間ほどいたこともある。ここに美作さんの油絵がいくつも掛けてあった。まだ若かった僕は壁にかけられた絵を見て、大正ロマンのような甘さを嫌っていたのだが、それから二十年ほどたって、絵の背後にある人間性が見えてくるようになり、美作の絵にひどく惹かれるようになった。そこには、単に絵の技術を学んだだけでは描くことの出来ない、はかなさとか悲哀、はにかみといったものがにじみ出ていて、どの絵にも一篇の詩のような世界が感ぜられた。ことに、人間の描写が素晴らしかった。「クラシック」なき後、大半の絵は弟子の寺元健治さんがやっている阿佐ヶ谷の「ヴィオロン」に移され、この店でも、ずっと彼の絵に見入っていた。

しかし、戦前、戦後を通じて活動したという画家について記された資料はなく、足取りもまったく謎であった。これらの絵はどのようにして描かれたのか、美作にとって名曲喫茶の経営と画業はどちらが本業であったのか、絵に繰り返し登場する女性たちは一体何者なのか。なによりまず画業の全貌を知りたいと思っていた。

この画集のなかに、ルポルタージュ・フォトグラファー兼美術家の薄井崇友《うすいたかとも》さんによってわずかな資料や人の証言をつなぎ合わせるように書かれた原稿があった。日本の戦後美術史と照らし合わせて丁寧にまとめられ、まさに知りたかったことが記されている。美作が藤田嗣治を深く敬愛していたこと、戦後にいくつもできた美術団体には所属せず、「東京都美術職員」という実際にはない肩書を用いて一匹狼の無所属を通して制作を続けたなどという話はとても興味深かった。

画集には収録されていなかったが、もうずいぶん昔に「クラシック」で見た、どこか街はずれに佇む大きなおなかを抱える女性の絵が、ずっと目に焼きついている。

（8月26日水曜日）

石田千から
牧野伊三夫さんへ

19時5分、しろさん

ことしのはじめ、現行のソフトが使えなくなるのを機に、パソコンをあたらしくした。

それまでは、みずいろで、あおさんと呼んでいた。こんどは、ホワイトのしろさん。

あおさんは、とてもよく働いてくれたから、おなじ会社のおなじくらいの金額のものを選んだ。

届いたしろさんは、あおさんよりも薄くて軽い。さいしょの設定も、ずっとかんたんになっていて、よくわからない機能も、たくさんついている。10年の進化は、たいしたものだった。

ところが、じっさいに使ってみたら、なにを押しても、あおさんの倍より時間がかかる。クリックをして、ふた呼吸くらいしてから、ちいさな円がくるくるまわって準備にかかる。立って、お茶をいれかえても、まだまわっていることもある。故障かと思って、なんどもクリックをして、さらに待ち時間が増してしまう。

いそぐ仕事はないけど、あたらしくして、不便になってしまった。考えてみれば、あおさんは10年ちかく働いてくれたのだから、10年まえの価格で選んだのは、なんとも世間しらずなことだった。

春になって、パソコンを使う時間がながくなると、しろさんに、いらだつようになる。やつあたりのように、キーボードを打つ音が強くなる。いちどは、あまりの遅さに故障かと思い、電源を落としてしまい、復旧に半日かかってしまった。それで、白旗をあげた。どうぞ、しろさんのペースで働いてください。頼むから、壊れないで。機嫌をとりつつ、使うようになった。

機嫌をとったから、はやくなるわけもないので、しろさんの長考しているあいだは、いっしょに目をつむる。首のストレッチをする。立ってスクワットして、待っている。あおさんと、ぱっぱか働いていた時間を思い出すこともあるけど、激流をわたっているようないまは、迅速にいかないくらいで、ちょうどいい。機械とも、縁というものがあるのかもしれない。

おっとりしているけど、しろさんは、あたらしい仕事をいくつも担ってくれている。

　いちばんは、リモート会議機能。きのうは、その機能をつかって、半年ぶりに友人と乾杯した。画面で会うなんて、味気ないかと思ったら、顔を見たとたん、うれしくて涙がでた。半年のはなればなれは、一瞬にして消えて、同級会のようにおしゃべりした。しろさんは、二時間も働いてくれた。電源を切り、ありがとうと撫でた。

　手続きがめんどうで先延ばしにしていたけど、会議の機能は、やるとやらないとは、おおちがい。ぞんぶんに話せたので、ぐっすり寝られた。困難のなかに、あたらしい場所がうまれていた。励まされる思いだった。

　あしたは、バザーの仲間と、やはり半年ぶりに画面につどう。さぞかしにぎやか、待ちどおしい。

　牧野さん、ご興味あれば、ぜひ。

画面ごし枝豆はじくふたりかな　　金町

（8月28日金曜日）

9月

友だちと害虫

でかけずに家にずっといると、だんだん体がもやもやしてきて、ちょっとした雑用もうまく片付けられなくなる。頭のほうにも血がめぐっていかなくなるのか、昨日の昼は、ナポリタンスパゲティをつくり、食べる段になって用意しておいたキノコを入れ忘れていたことに気づいてひどく落ち込んだ。それが尾をひいて、午後の仕事にも身が入らず、晩酌の酒もまずくなった。人間、やはり外へ遊びにいかねばだめである。キノコを入れ忘れたくらいで落ち込んでしまうことが悲しい。

僕もこの半年の間に、必要があって三度オンラインでの会議をやった。はじめてのときは、まるで宇宙船から地球の仲間たちと交信したかのような感動があった。そして、終わるときは、なぜか大げさに両手を振って別れたが、ふたたび孤独な空間へ戻っていくのかと、わずかに一緒にすごした時間へのいとおしさから涙腺がゆるんだ。まるでSF映画に出演しているかのようである。

小学生の頃にウェールズの『宇宙戦争』というSF小説を読んだことがあった。火星人が人類の文明をはるかに超えた兵器で地球を侵略にやってくる。不気味なタコのような侵略者を相手に人類は戦闘を繰り返すが、苦戦を強いられ、もはやこれまでなのかと思う。ところが最後は、宇宙人たちが地上のウィルスに感染して突如死滅するという話だった。この小説を読んだせいか、もしかしたらコロナウィルスは人類をなにかから救おうとしているのかもしれない、と思うことがある。

庭のイチジクの木に小さな穴があいて、その下に蟻の巣のように木屑が山になっていた。調べてみると、これはカミキリムシの幼虫のしわざで、放っておくと木が枯れてしまうらしい。植木屋で買ってきたばかりの苗木のイチジクが枯れてはかなわない。カミキリムシは、子供の頃よくつかまえて紙を切らせて遊んだりしていた友だちだが、いまは害虫になってしまったのだ。穴に針金を突き入れて、かつての友人を「痛いだろう。ごめんな。ごめんな」などとつぶやいてつぶす。

思えば、昨年の夏、レモンの木をアゲハ蝶の幼虫に食べられたときもそうだった。こちらもまだ小さな苗木だが、すでに葉を落とした枯枝のようになってしまっていた。僕はわずかに残された葉の裏に、まるまると太った幼虫を見つけると、割り箸でつまみとって靴でふみつぶしたのである。アゲハ蝶の幼虫がさなぎとなり、蝶へ羽化する姿を見るのは、子供の頃からの憧れであったが、まだ見たことがない。ようやく見れるかもしれないとも

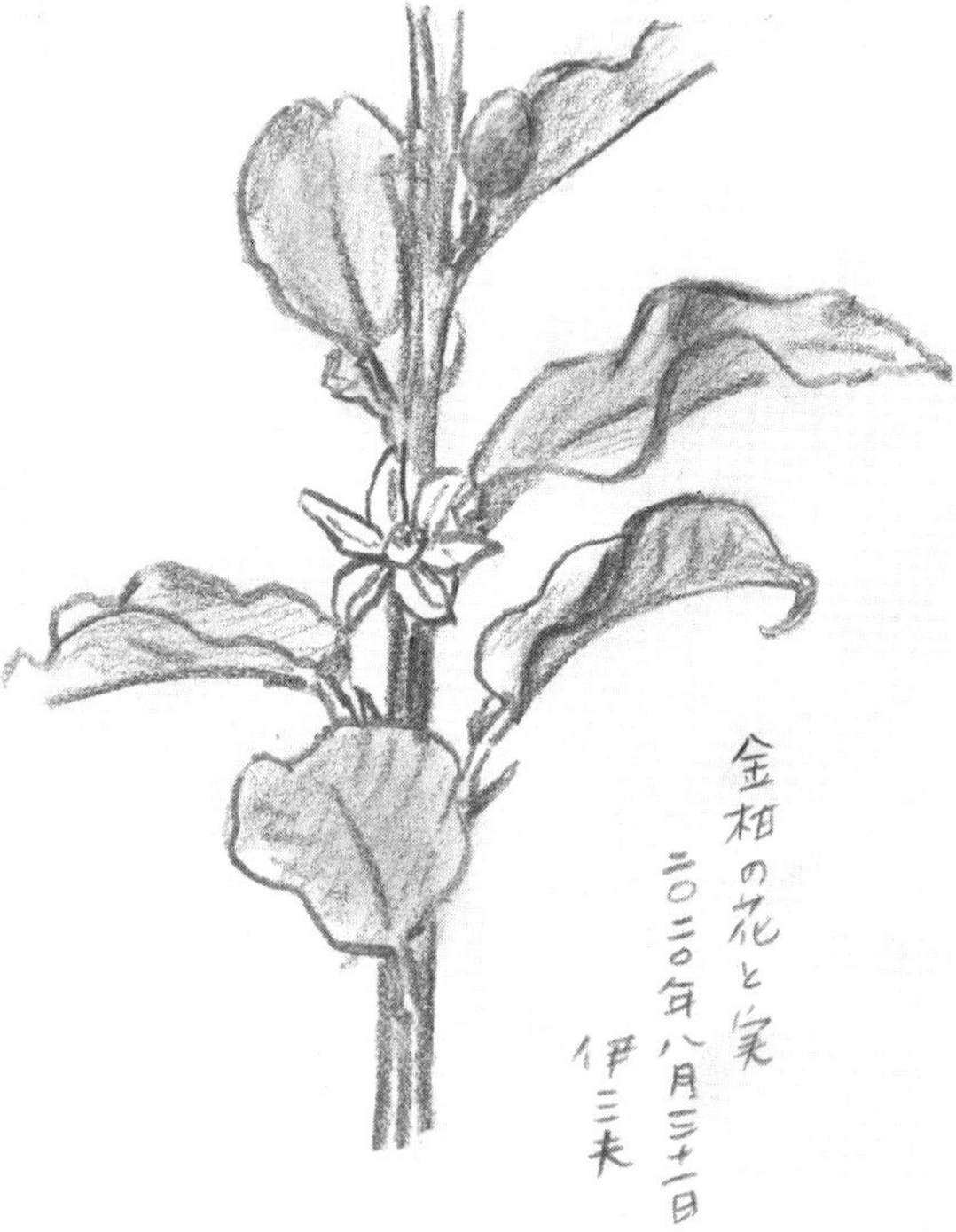
金柑の花と実
二〇二〇年八月三十一日
伊三夫

思ったが仕方がない。そのうち、それぞれの木が大きくなって、カミキリムシやアゲハ蝶を養えるようになってほしいと思う。

このごろ僕はいつも行くスーパーのレジの傍で売られている月餅やシベリアなど買ってきて、お茶の時間に食べるのをひそやかな楽しみとしている。ひとつ売りのビニールでくるまれた安い菓子だ。どちらも甘くて深煎りの苦いブラックコーヒーとよく合う。いつも千さんから質問されてばかりいるので、今日はひとつ、『月と菓子パン』の小説家にお菓子の話をたずねてみるとしよう。千さんのおやつはどんなかな。

（9月2日水曜日）

石田千から
牧野伊三夫さんへ

GOTO脳内、16時45分

きょうのおやつは、午前があずき、午後はみかんゼリーでした。

牧野さんのお手紙が届いた日に、ちょうど残っていたあずきを煮ていた。夏を越えてしまったので、やわらかくなるのに時間がかかって、できあがるころには、西日がまぶしかった。

みかんゼリーは、けさ冷やしておいて、外出から帰って食べた。おいしいジュースを教えてもらった。ゼリーはどうか、試してみたら、おさとうも加えず、老舗のパーラーにちかいゼリーができた。

夏にとっちめられて、三度の食事を作るのがやっとでいたから、お菓子を作る時間に、くつろいでいた。

あずきは150グラムあったので、おさとうは100グラム。夏のはじめに、奄美大島の黒糖をみつけた。奄美といえば、ミロコちゃん。お顔を浮かべて、買ってきた。こくのある甘さと、ほろ苦さのあるおさとうで、そのままスプーンですくって、おやつがわりに食べることもある。塩をなめて、おさけをのむように、黒糖をなめて、渋茶をすする。奄美の海、マングローブ、植物の息づかい。ひとさじの休憩に、つぎの用事にとりかかる元気がでる。この夏の、必需品だった。

黒糖風味のあずきを食べて、またミロコちゃんと思い、祖父母と父の写真を拝んだ。奄美大島に、巨大な台風がむかっている。

牧野さんは、遠隔のやりとりを、宇宙との交信のようと書かれた。それなら、毎週のこのお手紙も、地球じゃないところを経由していて、とちゅうでタコ星人に読まれているかもしれませんね。

手紙でのやりとりは、宇宙や未来にむかうばかりではないから、画像よりもずっと進んだものともいえる。たとえば、前々回のお手紙の、喫茶店クラシック。その文字を読んだ瞬間、時間のさかのぼる風圧は、心身揺らぐほどだった。

中野ブロードウェイの、ほこりっぽい路地。大学の先輩につれていってもらい、いちどだけ、コーヒーをのんだ。

練馬に住んでいたときも、東中野に越してからも、店のまわりは、うろちょろしていた。ふだんの買いものは、バスに乗って中野にいく。日曜日の午後、家族そろってバスに乗り、父は書店、兄はレコード、母は洋裁用品と食べもの、それぞれ買いものをして、夕食を食べて帰る。おやつも、たのしみだった。不二家、中村屋、文明堂。和菓子やさんでお団子を買ったり、地下のおおきなソフトクリームを食べたり。

中学生になると、友人どうしで出かけてもよくなって、好きな男の子とばったり会えて、うれしかった。ブラスバンドのOBさんに、ブリックにも連れていってもらって、コーラをのんだ。そんなとき、ブロードウェイで、クラシックのおじさんと、すれちがう。はいったことはないのに、クラシックのマスターと知っていた。

そののち高校、大学とすすんでも、ひとりで喫茶店にはいることはなかった。クラシックについても、牧野さんのお手紙ではじめて知ることばかりだった。そうしていまも、お茶代にけちんぼうのまま、一服の余裕をもたず、せかせか暮らしている。

人生で見おとしているものは、喫茶店にひそんでいる。つねづね思って、通りすぎる。

両親も兄も喫茶店が好きで、いいお店を知っていた。

中野での食事のあとは、丸井がわにあるフェニックスというお店に寄った。母は、ここのコーヒーは、澄んでいておいしいといった。サイフォンでいれてくれるお店だった。
東中野のころは、腹ごなしにぶらぶら歩いて帰った。さいしょの交差点にポルノ映画館があって、いつも知らんぷりをして、薄目になって歩いた。

ひとさじの黒糖いざなう島の夏　　金町

（9月4日金曜日）

牧野伊三夫から
石田千さんへ

とうもろこしとパッションフルーツ

朝、玉川上水の雑木林に散歩に出ると、土の上にごわごわの毛糸帽のようなのをかぶったクヌギの実が落ちていた。これが今日の僕の恋人である、と歩いていく。ふむ、なんのことやら……。

玉川上水を立川の方へずっと歩いていくと、雑木に沿うように砂利道が続いて畑のうえに広い空が見えるところがある。道端には雑木を切った丸太が並べられ、いかにも田舎の風景なのだが、どことなくシスレーが描いた風景画を想い出させるので、僕はここを「フランス」と呼んでいる。畑はトウモロコシの収穫を終え黒い土が混ぜ返されていたり、里芋の大きな葉が風に揺れたりしている。もう蟬の声もそろそろおわりという感じで、真夏のような力強い感じはない。まもなく「フランス」にも秋がやってくる。まだ緑のあるうちに画具をかかえてスケッチに来ようかな。そんなことを思いながら、とぼとぼ歩いて、日ざしがやわらいだ太陽に向かって深呼吸をしてみた。

もうずいぶん昔、南米のペルーを旅したとき、僕ははじめて本物のサトウキビを見た。

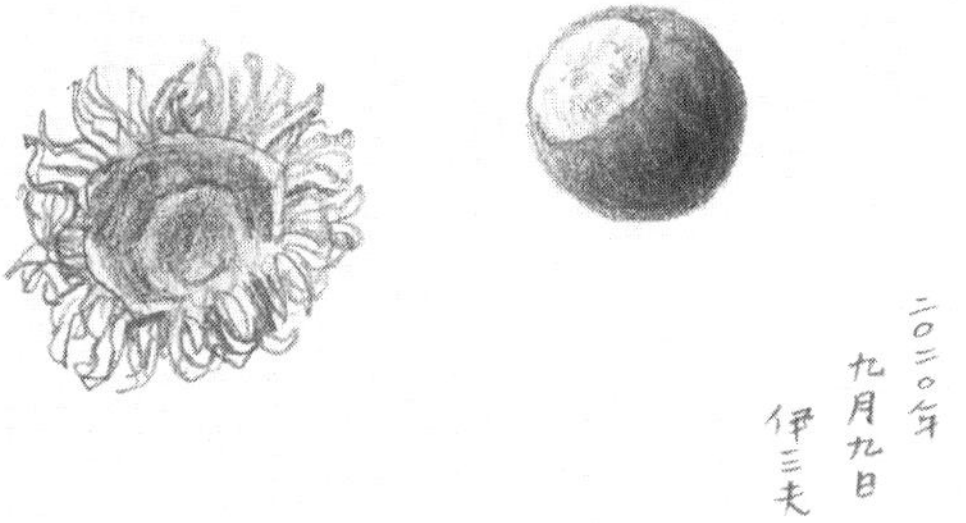
二〇二〇年
九月九日
伊三夫

ボリビアとの国境近くの町からナスカ平原へ向かう長距離バスのなかだった。バスが休憩のために小さな村に停車すると、地元のインディオたちが、皮がむかれ湯気をたてたサツマイモのような食べ物を大皿に盛って売りにきた。僕はサトウキビとは知らず、なにか南米にしかない芋なのだろうかと思っていた。買った乗客たちが音をたててかじり、むしゃむしゃやったあと汁だけ吸って食べかすをごみ袋にペッペッと吐き出すのを真似て、僕もひとつ買って食べた。旅で疲れた体に、ほんのりとした甘味がしみていくようだった。

先日、ミロコちゃんが奄美からパッションフルーツを送ってくれた。箱をあけると、濃い赤紫色の厚い皮から甘酸っぱいいい香りがたちのぼってくる。はじめてで食べ方がよくわからなかったが、添えてあった手紙に記されていた通りに切ってみると、中はゼリー状の液体で、カエルの卵のように小さな黒い種がいくつも混ざっていた。それを匙ですくって口に含み、ぶつぶつ種を噛み砕きながら食べた。

（9月9日水曜日）

石田千から
牧野伊三夫さんへ

照り焼き、19時45分

夏が終わったので、伸びた髪を切った。

風呂場で、髪をぬらして、櫛でとかして、裾から5センチにむすんだ束をよっつ作って、ちいさな鋏を持つ。

うしろを切るのは、生まれてはじめて。緊張していたけど、すぐ終わった。鏡をみると、もっと短くてもいい。また5センチの束にして、じょきじょき。

ひとり断髪式をすませ、そのまま風呂にはいって、さっぱりした。

いろいろ持病があって、電車に乗って美容院にいくのは、むずかしい。それでも髪の毛は、容赦なく伸びる。駅前の薬局で、ちいさな鋏を買った。枝毛用だったけど、しっかり働いてくれた。

坊主頭のひとたちが、じぶんでバリカンでじょりじょりやるんだよというのを、たのしそうと思っていた。いつも、いじわるばあさんのお団子にしているから、がたがたでも支障ない。それでも、いままでていねいに切ってくださっていた美容師さんに申し訳なく、かくかくしかじか。こんどうかがうときは、密林の手入れになるのでよろしくお願いしますとメールをした。

髪がみじかくなってよかったのは、シャンプーの節約。それまでは、ポンプを2回押して、洗っていた。切ったら、1回でたりる。

このところ、洗剤類の減りかたが加速している。先週買ったのに、もうわずかということもある。シャンプーとリンス、浴用石鹸の容器は、詰めかえるときに、洗って乾かす。掃除用の洗剤は、その手間が追いつかなくなってしまって、いいや、そのまんま。少なくなったら、つぎ足す。腹をくくった。

ほんとうは、洗いたいんだけどなあ。のこり1センチくらいになったところに、じょぼじょぼいれる。このときかならず、焼き鳥やさんのおおきな甕を浮かべる。神保町にあった名店にうかがったとき、焼き鳥のたれは、開店以来毎日火にかけ、つぎたして使っていると教えていただいた。

湯舟でぼんやり、焼き鳥、半年食べてない。牧野さんは、ちゃんと串をうって、七輪で焼くとのことだった。残念ながら鶏肉はないので、ブリカマを照り焼きにする。全裸で折りあいをつけた。

そうして台所に立ってみると、気がかわって、ブリはバルサミコ酢のソテーとなった。

にんにくの香りがしたところでブリを焼いて、バルサミコ酢としょうゆをからめる。日伊合作の照り焼き。粒マスタードもあう。

食べて洗って、あとは寝るだけとなって、電話をした。無事にしているかと、連絡をくれて、おさけ一杯ぶんのおしゃべりのつもりが、三杯になって、夜更かしをさせた。

電話のむこうの晩酌は泡盛のロックときいて、高温多湿きわまったこの夏、泡盛を飲まずに終わってしまったと嘆いた。とりかえしのつかない、あほうものだった。

のむなら、石垣島の白百合。ひんやりした甕をのぞいたような、土の香のするおさけ。

しろめしに照り焼きならべ秋きたる　金町

（9月11日金曜日）

牧野伊三夫から
石田千さんへ

アラ

通りを歩いていて、突然、腹の底からあらん限りの大声を出してみたくなる。が、行きかう人たちを見て思いとどまる。台風が、干潟のよどみを浄化して生物たちの生命をはぐくむ役割があると聞いたことがある。旅にも行かず、酒場へも行かずすごしていて、自分の体も嵐のような激しい燃焼を求めているのかもしれないなと思う。欲望が閉ざされていることは絵の制作にも影響していると思う。どこかで大声大会などあれば参加したい。

千さんが髪を切ってシャンプーを二回プッシュしていたのが一回になったというので、僕も一回にしてみた。僕の方が髪が短かいのだから、十分であるはずである。これまでなんとなく二拍子を刻むように二回プッシュしていたのだ。そのあと、床屋で使っているのと同じ王冠のような丸いブラシで頭をガリガリやって頭皮を刺激する。どうか禿げませんようにと願ってやる。

このところ鯛が安いので、たびたび買ってきては昆布じめをつくる。コロナで料理屋へ行くはずの鯛がスーパーへまわってきているのだろうか。昨日も大きいのをひとさく買っ

二〇二〇年 伊三太

て、半分刺身にして残りを昆布じめにした。

夜も涼しくなってきて、窓を開けると気持ちがいい。秋の夜風にあたって、こまいやマグロの串などを七輪で焼いて酒をのむ。マグロは刺身で食べてもよいが、強めの炭火で表面だけカリッと焼いたのにニンニク醤油をさっとつけたのもうまい。刺身にあきて途中から串にさして焼くこともある。

マグロのサクを酒蒸しにするのもいい。小鍋にごま油とオリーブ油を少々、そこにマグロを放り入れ、白ワイン、塩、コショウをふり、蓋をして蒸しあがるのを待つだけである。食べるときに白髪ねぎやパクチーなど適当な薬味をのせて、醤油をたらす。これを肴に飲んでいると、途中で白飯が食いたくなってくる。

（9月16日水曜日）

石田千から
牧野伊三夫さんへ

朝顔、6時25分

牧野さんは、早起きのご様子ですね。

朝の散歩は、さわやかで、いろんな発見があって、うらやましい。

夏のあいだ、いつにもましてしょぼくれていたのは、昨年スズメバチに刺されたからで、つぎに刺されたら救急車といわれている。日のあるうちは、用心しなくてはいけない。

ベランダに出て、水やりをするのも、とっぷり暮れてから。しばらく早起きをして、日の出までにしていたけれど、つづかなかった。そういうわけで、雨が降ると、水やりが休めて、すこしほっとする。

洗濯も、干せない。輝く太陽のもとに、タオルやシーツを干せない。それも、気が滅入る。長くできていたことが、できなくなる。そんなことが増えた。そうして、これからきっと、潮どきと手放していくことが増える。それはそれで、鴨長明の家をお手本にしていく。

つまらない夏のあいだは、せめて寝たいだけ寝る。そうしていたら、5時起きが6時になり、このごろは、6時20分。

あわてて起きて、ラジオ体操をする。小学生の夏休み、顔も洗わずねぼけたままで、むかいの公園に出ていったころにもどってしまった。

それでも、きのうの朝は、カーテンをあけて、よろこんだ。

あおい朝顔、ひとつ咲いた。

まえに、ことしは朝顔を育てなかったと書いた。そのあと、お盆になって、引きだしに種を見つけた。おととし、苗から育てて、そのあと採集していた。苗の朝顔は、あんまり花がつかなかった。それでも、いいや。まだまだ暑いだろうし、葉っぱだけ見られたらいいと、夜の植木鉢に落とした。

種は、生きていて、すぐに双葉となり、本葉もはやかった。そこから、みぎ左の月桂樹とばらにからまった。月桂樹は、なんでもないようにしている。ばらは、すごくいやがっている。朝顔は、酔っぱらって、だれかれかまわす肩を組むひとのようだった。そののち、しらふにもどって、ベランダの柵に気がついて、からまった。

そういうのを、室内猫のように、ガラス越しにながめていた。

葉っぱは、くるくる伸びるけど、やっぱり咲かない。そう思っていたら、父の誕生日の晩、水やりをしたら、つぼみをひとつ見つけた。そうして、きのうの朝。初咲きを見た。お父さん、ありがとう。利休の茶会のように、一輪を見て、体操した。

けさは、ふたつ咲いていた。遠目、夜目で、見ていないつぼみがある。花は、きのうより、ちいさい。初咲きは、もうすぼんでいる。朝はあおく、昼ちかくになると紫に近づく。

朝顔は、秋の季語。

このごろは、晩にかけていたCDを、そのままかけて、机にむかうようになった。

この部屋に越したら、風の通り道で、いろんな音がする。ラジオは、ことばに耳がいく。いろいろためして、夜みたいな音楽がいいとわかった。寝るまえにきくのは、チャーリー・ヘイデンのベースで、これは長年かわらない。

パット・メシーニや、キース・ジャレットとのアルバムもいい。

その音楽は、語るよりも聞き上手。

うれしいときも、かなしいときも、泣いていいんだよといってくれる。泣きながら寝ることはないけど、安心して眠れる。

そうしてけさも、安心して、しろさんと働いている。

書き終えたら、リズ・ライトにかえる。

Blue Roseは、朝顔の歌。旅ごころある歌詞で、とてもいい。

咲いているうちに、聴かなくちゃ。

朝顔の花見。父の好きな、ほうじ茶をのむ。

朝顔やあの世便りのあおさかな　　金町

（9月18日金曜日）

牧野伊三夫から
石田千さんへ

ラジオとハム

千さん、嵐山さんにご著書を紹介していただいたとのこと、よかったです。

ずいぶん涼しくなって、今朝から短パンをやめて長ズボンを穿く。お彼岸を過ぎて夏の少年気分もいよいよおしまいだ。

朝、最初にかける音楽は、ながい間パブロ・カザルスが演奏するバッハの無伴奏チェロ組曲と決めていた。二十代の半ばらから四十代のおわり頃までずっとそうだった。いくら聴いてもあきなかった。はじめのころはステレオのタイマーをセットして、この曲で目を覚まして、しばらく布団のなかで聴いたりもしていた。東芝EMIから発売されている二枚組のアルバムが、あるとき音がとぶようになり、また同じものを買ってきた。

最近は朝六時からの「古楽の楽しみ」というNHKのラジオ番組を聴くことが多い。この番組は何人かの人がもちまわりで中世ルネッサンスからバロック時代あたりのクラシックの曲をかけるのだが、なかでも僕は関根敏子さんが担当するときが一番好きだ。彼

肉

女のぼそぼそとした小声が寝起きの耳にとても心地よく、コーヒーを淹れてアトリエで一人静かに聴いている。青木隼人君のギター曲も朝にふさわしくてよくかける。青木君のアルバムはすべて持っていて、もう十年以上何度も聴いているが、飽きることはない。

先週、挿絵を担当した上田淳子先生の料理の本が届いた。肉や魚を塩と砂糖、水を混ぜ合わせた「塩糖水」という液に漬け込んで調理する方法の本だ。昔から欧米で用いられている燻製を作るのにつかうソミュール液などを家庭用に簡単にしたものらしい。肉でも魚でも数時間漬け込むとしっとりとうまく仕上がるうえ、冷凍保存も必要なくなる。ことしのはじめ、上田先生のお宅で塩糖水で作ったというハムをいただいく機会があったが、どこかの専門店で買ってきたのではないかと思うほど上等の味だった。これが本場のハムというものらしい。そのあと、さっそく自宅でも作ってみて、おいしいハムがこんなに簡単にできるのかとびっくりした。

この本の挿絵を描くにあたって、編集者から「塩糖水」という化学に用いるような、なじみのない言葉に読者が親しめるような楽しい本にしたい、というようなことを言われた。それで料理の素材を擬人化した絵本のような挿絵を描くことになった。ブタやニワトリに服を着せたり、顔に表情をもたせたりしてセリフを書き加えていると、なんだか滑稽な世界ができあがって仕事場でひとりふき出していた。楽しい挿絵の仕事だった、

（9月23日水曜日）

石田千から
牧野伊三夫さんへ

ラジオ、6時から

古楽の楽しみのこと、うれしく拝読しました。

牧野さんと、窓辺の時間を連載していたころは、5時に起きて、書いて、古楽の楽しみをきいていた。やっぱり、関根敏子さんのお声は、いちばん長くきいているから、しっくりくる。

お茶をいれたら、電灯を消して、むかしの朝にする。晴れた日もいいけど、暗い雨ふりで、すこしずつ部屋がしろっぽくなるのがいい。残念なのは、ラジオ体操の時間とかさなっている。とちゅうで、元気に10分動いて、またしんとした時間にもどる。彼岸もすんだし、そろそろ5時起床にもどしてみようか。夜の1時間より、朝の1時間が長いほうが、ずっとしあわせと知っているのだから。

雨ふり、肌寒いきょう、はじめてウールのカーディガンをかさねた。冷房対策に、衣がえのときもしまわないである。身につけたとたん、背の緊張がほどけて、秋のからだになれる。カーディガンは、なんともたのもしい。

青木隼人さんの、日田。CD製作に、すこし参加することができて、縁の輪に集うよろこびを、また学んだ。

会社勤めをやめてから、ずっと肩ひじ張って書いてきた。きのうより明日は、すこしはよくなるように。もっと、よくなるように。そう思って、50まぢか。なにが、どんなふうによくなればいいのか。なにも考えずに、走ってきた。よくなりたいのは、ひとりよがり。声をせかして動くえんぴつを、ひらたい目で見るようになった。

牧野さんとのお仕事は、雲のうえのときも、日田や飛騨のときも、ひとの輪が動力。車輪にたとえるなら、ひとりの仕事は三輪車くらい、みんなで働くと機関車くらいになる。おおきな車輪にまざるたのしさは、会社をやめて遠ざかるばかりだから、ほんとうにありがたく、ふたつ返事でご一緒させていただいた。そうして、そのたびに、ひとりよがりのとんがりに、やすりをかけていただいた。

青木さんのCD日田で、牧野さんは絵を担当されている。曲の命名についての依頼は、青木さん、リベルテの原さんから、それぞれにいただいた。

機関車の車輪の縁から、あたらしい輪がうまれた。こんどは、オルゴールのなかにあるような、緻密な歯車みたいだった。ことばが、音色のじゃまをすることを案じたけれど、縁の流れにきもちよく心身を浮かべて書いた。

このCDは、古楽ではないけど、古楽とおなじ、自然光のなかに咲いている。雨の朝も、晴れた朝も、その日の音楽として、部屋にあらわれる。

ことばも、そんなふうにあれば、いちばんいいな。

ぶらぶらとぼとぼ、歩いていけば、いつか見つかるかしら。

霧雨にギターの満ちて秋の朝　　金町

（9月25日金曜日）

牧野伊三夫から
石田千さんへ

収穫の日

庭のいちじくを収穫する。枝にならんでついていた小さな実に、一ヶ月ばかり前に台所で使う白い不織布をかけておいたのだが、数日前から一番下の実がうっすらと赤らんでいるのが気になっていた。そろそろかなと近寄って見てみると、熟れすぎて腐りかけ、蟻が何匹もたかっていたので手でもぎとって捨てる。下から二番目のは、黄緑色の健康そうな肌がかすかに赤みをおびていて、まさに食べごろだった。さらに下から三番目と四番目のも、まだ青々してはいるがお尻のところが赤紫色に染まっていたので全部で三つ収穫する。そのなかの形のいいのをひとつ小皿にのせて、神棚にあげて家の神様に収穫の報告をする。神棚は今年の春に九州の日田の製材所から送ってもらった杉板を切って自分でこしらえたものだ。天照大明神のほかに、国分寺の八幡神社さまと熊野神社さま、中野の北野天満宮さま、小倉の若宮神社さま、それに浅草の観音様のお札をあげている。大所帯なので小さな実がひとつでは食べたりないかもしれない。おさがりを午後のおやつにいただいた。

あかね書房の榎君から依頼されていた絵本の仕事にとりかかる。この絵本の話をいただ

二〇二〇年九月二十七日
庭のいちじく
伊三夫

絵本のためのラフスケッチ「夜汽車」
2020年　色鉛筆画

いてから、もう八年もたってしまった。絵本のことを話そうと榎君を誘っては酒を飲むばかりで、いっこうにすすまなかった。今年の春、やはり、絵本の話をしようと一緒に飲んでいて、彼から「もうあきらめています。一緒に飲むだけでいいんです」と言われてようやくラフを描きはじめたのである。ラフは、今年の九月までにという約束だったが、まだできていない。僕はアトリエの片隅に小箱を置いて、そこにときどき思いついた話や場面を書き留めたのを放り入れていた。先日、それらを全部取り出して見直してみたのであるが、なんともくだらないものばかりで、約束を守るのは絶望的となった。このところ気候がよくなってきてボンヤリとして、また気がゆるんできた。すすまないまま家でごろごろ昼寝などしてすごしていると、だんだんと西の空が赤らんでくる。ずいぶん日が短くなった。日が暮れると、自然と酒が飲みたくなってくる。催促される前に、こちらから連絡をしておこうと思うが、また一緒に飲んでくれるだろうか。

（9月30日水曜日）

あとがき

石田千

放課後、えんぴつを持つ。

いっしょに書くはずの男の子は、部活があると、さっさと逃げた。お天気、時間割、その日の感想。あとは、なんだろう。ひんやり静かな教室でめくった週番日記や日直日記。なにを書いていたのか、ひとつも覚えていない。

月金帳は、隔週で書く。原稿用紙をめくるのは、たそがれどき。西日や、谷にむかっていく雨をながめて、えんぴつを持つ。

ここも、放課後とおなじように、だれもいない。こころぼそいけど、らっぱを吹くためだけに学校に通ったあのころより、ずっといい。ひとりで書いていたけど、ならべる文字は、このベランダから、牧野さん、上野さん、読者のみなさんのところへ飛んでいく。

本書は、一冊めの月金帳です。

読み返すと、このころはまだ明るかった。すこやかだった。こんなのんきな生活にもどることは、いまとなってはむずかしい。

それでも、中学のころより、いまがいい。日が進めば、ちっぽけな女の子を見届けるように、傷だらけの手で乗り越えるいまを、慈しむようになる。

装幀の有山達也さん、版元の上野勇治さん。牧野伊三夫さんは、どんな球を放っても、どんと受けてくださる。ありがとうございます。

本書に触れてくださったみなさまの、幸福と、健康を祈ります。

マスクして二人三脚月金帳　　金町

あとがき

牧野伊三夫

この第一集は、昨年の春に鎌倉にある出版社「港の人」のホームページを間借りしてはじまった「月金帳」の二〇二〇年の春から秋までの原稿をまとめたものである。千さんは一週間をすごした終わりの金曜日に、僕の方は休みが明けた週のはじまりの月曜日に書きたい、ということで「月金帳」という名になった。「帳」の字を「帖」とするという案もあったが、会社で帳面に日報を記すように事務的な雰囲気の方がお互い性に合っているということで「帳」の字を用いることにした。

毎週月曜日のお昼頃に、千さんと上野さん宛に原稿を送ると、二人から二、三行の短い感想が届く。そして千さんにバトンを渡す。はじめの頃は毎週書いていたが、途中で千さんの大学での授業が忙しくなり、隔週での連載となった。しかしこれは、毎週書くのに四苦八苦していた僕にとっても実にありがたいことだった。

あらためてゲラになったものを読んでみると、僕の方が文字量がずいぶん多い。文章が本業の人を相手に、なんともずうずうしいものである。細身の千さんと太った僕の体格の違いのようでもある。千さん、お許しください。それを有山達也君に、それぞれの一行の文字数を変えて目立たぬよう、うまくまとめてもらえて少しほっとした。

カバーの絵は、どこかへ吹いていく風のように颯爽としていながらも、複雑で繊細な心をもった千さんを想い浮かべて描いた。

有山君、そして、連載中に読んでくださった方々、千さんとのやりとりを面白がって本にしてくださった港の人の上野勇治さんに、お礼申し上げます。

二〇二一年十月二十六日火曜日

友情が紡いだ本

上野勇治

二〇二〇年。正月休みが明けたころから、ニュースに疎い僕の耳にも世界各国から見知らぬ感染症についてのニュースが届き始めた。目に見えないウィルスへの恐れはみるみるうちに広がり、いつもごったがえしていた駅や店から人影が消え、町は冷えきっていった。四月のある日、石田千さんから「牧野さんとの往復書簡を考えている、原稿料は要らない、場所を用意してくれないだろうか」という内容のメールをいただいた。いつも通り優しく控えめな文面だったが、人の気持ちを敏感に感じ取る千さんが、作家として「今、書かなくては」と決意した上でのことだとすぐにわかった。そして、港の人を伴走者に選んでくれたことを、心の底からありがたく思った。

四月の終わりの月曜日、牧野さんから第一信が発せられ、交互にメールが届くようになった。仕事でもプライベートでも多くの時間を過ごしてきたふたりの掛け合いは息もぴったりで、ウェブにアップする僕も自然に心がはずんだ。ふたりが書くことは穏やかな日常の小さな話題がほとんどだが、作家として、画家として、これらの言葉を生み出すために歩いてきた道のりは必ずしも平穏な日ばかりではなかっただろうと思いを馳せる。そして、友情とは何かということを、僕はこのふたりから教わった。

この本は約半年間の手紙を収めているが、連載は今も続いている。世の中にも僕たちにも、さまざまな変化があったし、これからもあるだろう。ふたりのやりとりを見守り、応援し続けていきたい。読者のみなさんも一緒に歩いていただければ幸いである。

本書は、港の人ホームページ連載中の、石田千と牧野伊三夫による往復書簡『月金帳』の二〇二〇年四月から九月までを収めました。

石田千　いしだせん

一九六八年福島県生まれ、東京育ち。作家。二〇〇一年、「大踏切書店のこと」により第一回古本小説大賞受賞。一六年、『家へ』（講談社）にて第三回鉄犬ヘテロトピア文学賞受賞。民謡好きで、『唄めぐり』（新潮社）を著するなど記録にまとめている。牧野伊三夫が装画を担当した著書に『窓辺のこと』（港の人）、『バスを待って』（小学館）、『箸もてば』（新講社）。著書に『夜明けのラジオ』（講談社）、『からだとはなす、ことばとおどる』（白水社）など。

牧野伊三夫　まきのいさお

一九六四年北九州市生まれ。画家。多摩美術大学卒業後、広告制作会社サン・アド入社。九二年退社後、画家としての活動を始め、月光荘画材店、ＨＢギャラリーなどで作品を発表する。九九年、美術同人誌「四月と十月」を創刊。著書に『僕は、太陽をのむ』『仕事場訪問』（以上、港の人「四月と十月文庫」）、『牧野伊三夫イラストレーションの仕事と体験記　１９８７―２０１９　椰子の木とウィスキー、郷愁』（誠文堂新光社）、『アトリエ雑記』（本の雑誌社）、絵本『十円玉の話』（あかね書房）など。「雲のうえ」（北九州市情報誌）編集委員。

月《げっ》金《きん》帳《ちょう》 2020 April-September 第1集

二〇二一年十一月二十八日初版第一刷発行

著者 石田千、牧野伊三夫

装幀 有山達也、中本ちはる（アリヤマデザインストア）

発行者 上野勇治

発行 港の人
神奈川県鎌倉市由比ガ浜三―一一―四九
郵便番号二四八―〇〇一四
電話 〇四六七―六〇―一三七四
FAX 〇四六七―六〇―一三七五

印刷 製本 シナノ印刷

ISBN978-4-89629-402-6